Rafael Leng · Das Schwert von Wigrid
Teil 2

Rafael Leng ist das Pseudonym von Marcel Leist, der mit »Das Schwert von Wigrid« seinen Debüt-Fantasyroman vorlegte. Bücher faszinieren ihn, seit er lesen kann. Doch es hat etwas länger gedauert, bis er zum Schreiben kam. Die ersten Schritte machte Leist als Redakteur der Jugendzeitung »Gegenwind«. Er wandte sich daraufhin anderen Dingen zu, bis er vor ein paar Jahren anfing, die ersten Ideen zum »Schwert von Wigrid« zu notieren. Seitdem lässt ihn das Schreiben nicht mehr los. Die Manuskripte für andere Bücher sind bereits in Arbeit. Auch hat er ein Studium der Literaturwissenschaft begonnen, um sein Wissen über die Literatur zu erweitern. Er ist 43 Jahre alt und lebt in Bad Vilbel. Der erste Teil von »Das Schwert von Wigrid« erschien 2011.

Rafael Leng

Das Schwert von Wigrid

Teil 2

© 2013 Marcel Leist
Satz und Layout: Buch&media GmbH, München
Umschlaggestaltung: Kay Fretwurst, Freienbrink
Herstellung u. Verlag: BoD – Books on Demand
Printed in Germany
ISBN 978-3-8482-3465-3

Inhalt

1. Ophelia

ls Ares erwachte, lag er auf feinstem Leinen. Er genoss es zu liegen, die Augen geschlossen zu halten und zu atmen, einfach atmen. Einatmen und wieder ausatmen. Die Sonne zu spüren, die durch das offene Fenster auf seinen Körper fiel. Dem Geräusch von fließendem Wasser zu lauschen, wie es sich seinen Weg zwischen den Steinen hinab zum Meer suchte. Die Vögel singen zu hören, die voller Lebensfreude ihr Lied hinauszwitscherten. Die Anwesenheit anderer Menschen zu spüren, zu wissen, dass man nicht allein war. Er erschrak über seine Gedanken. Baldur fiel ihm ein, das Schwert und sein Versagen. Mit einem Ruck öffnete er die Augen und richtete sich auf. Er lag auf einem Bett in einem geschmackvoll eingerichteten Raum, wunderschöne Frauen umgaben ihn. Außer einem kurzen Rock trugen sie nichts, alle hatten einen verführerischen Körper. Sie lächelten ihn mit ihren strahlend weißen Zähnen an. Doch wie in der Halle waren ihre Augen tot und leer.

Dann sprach eines dieser Frauenwesen Ares an und machte für ihn alles noch schlimmer. »Was sind Eure Wünsche, mein Herr?« Aber ihre Stimme war nicht warm und weich wie die einer Frau, sondern klang, als versuchte eine Tote oder ein Wesen, für das Sprache nicht gemacht war, sich zu artikulieren.

»Verschwinde!«, brüllte Ares. Er fühlte nur Hass in sich. Hass auf sein Versagen. Hass auf den Ort hier. Hass auf die lebenden Toten, die ihn umgaben.

»Wie Ihr befehlt«, wagte das leblose Wesen noch zu sagen.

Der Schlag von Ares kam schnell und er traf. Die Kreatur konnte nicht mehr ausweichen. Ihre Lippe platzte auf, Blut schoss aus dem Mund und sie fiel hin. Ein paar Zähne lagen auf dem Bett. Ares' Laune verbesserte sich schlagartig. Es hatte lustig ausgesehen, wie diese Untote gefallen war, auch hatte sie sich beim Fallen noch einmal verletzt. Das freute ihn noch mehr. Entsetzt wichen die anderen vor ihm zurück.

»Ich will ein Schwert und zu meinen Freunden gebracht werden«, befahl Ares.

Sofort eilte eines dieser Wesen näher und verbeugte sich tief vor ihm. »Folgt mir«, antwortete es, wieder mit dieser toten Stimme.

Es wäre gnädig von Ares, wenigstens eine dieser lebenden Toten von ihrem

Leid zu erlösen. Seine Hand schnellte zum Hals des Wesens und drückte zu, auch wenn er sich vor dieser Berührung ekelte. Die Haut fühlte sich kalt und leblos an wie bei einer Leiche, oder bildete er sich dies nur ein? Genüsslich sah Ares zu, wie ES verzweifelt versuchte, sich mit seinen Händen zu befreien. Doch ES schaffte es nicht. Er war viel zu stark. ES kam nicht frei. Immer weniger Luft bekam ES. Ares beobachtete vergnügt, wie die Augen des Wesens aus den Höhlen traten und ES anfing blau anzulaufen. Wie ES zappelte, als ob es ein richtiger Mensch sei.

»Wir sind keine Feinde, bitte, Herr! Tötet Ophelia nicht! Ich flehe Euch an«, wimmerte eine andere Kreatur. Doch Ares hörte die Verzweiflung in ihrer Stimme nicht. Er sah sich das Wesen, das er gerade würgte, genauer an. Es war die Dienerin aus der Bibliothek. Er ließ sie los. Sofort fiel Ophelia zu Boden und zog gierig die Luft ein. Ares wusste, dass der Tod eine Erlösung für das bedauernswerte Geschöpf gewesen wäre.

Verächtlich blickte er auf die Frau, die ihn angesprochen hatte. »Ophelia heißt diese Kreatur«, spottete er. »Seit wann haben denn Tote Namen? Ihr seid doch alle nur Fleisch und Knochen, das sich aufgrund eines bösen Zaubers bewegt.«

Die Frau, die ihn angesprochen hatte, senkte den Kopf. Tränen liefen über ihr Gesicht.

»Ich wusste gar nicht, dass totes Fleisch weinen kann«, höhnte Ares weiter.

»Helena, ihr Name ist Helena«, hörte Ares eine Stimme, die, auch wenn es ihm schwerfiel, dies zuzugeben, zornig klang. »Und Penelope hast du die Zähne ausgeschlagen.«

Als Ares seinen Blick in Richtung der Stimme wandte, sah er, dass Ophelia neben ihm stand und die Fäuste in die Hüften gestemmt hatte. Obwohl sie noch blass war, am ganzen Körper zitterte und heftig atmete, fuhr sie wütend fort: »Erwürg mich, folter mich, bring mich um. Aber damit beweist du nur, dass Baldur recht hat.«

»Er hat unf vor dir gewarnt«, warf Penelope ein, die kein »S« mehr sprechen konnte, weil ihr die Schneidezähne fehlten.

»Aber er überließ uns die Entscheidung«, erklärte Helena. »Wir dachten, wir könnten dir helfen, die Strapazen der Reise zu vergessen. Dass du in Ruhe über das Erlebte nachdenkst, bevor du wieder aufbrichst. Dass wir dir die wahre Natur dieses Ortes erklären können. Besonders, dass Baldur der Gott des Lichtes, der Fruchtbarkeit ist. Die Verkörperung des Guten und der Gerechtigkeit.«

Ares konnte nicht glauben, was er hörte. »Gott der Fruchtbarkeit glaube ich gern, wenn ich eure *Kleidung* betrachte«, spottete er.

Helena schüttelte traurig den Kopf. »Ich bringe dich zu deinen Freunden. Es tut mir leid.«

»Nein, bitte, ich lerne gern«, entgegnete Ares mit einem überlegenen Lächeln. »Baldur ist also der Gott des Lichtes, umgeben von lauter *Engeln*?!«

»Ich verstehe den Spott in deiner Stimme nicht«, antwortete Ophelia trocken.

»Ich spotte nicht, nur hat Baldur, um uns sicher hierher zu geleiten, eine ganze Armee der bösartigsten Dämonen aufgeboten.«

»Oh, das ist es. Du hast also etwas gesehen, was dich erschreckt hat, wovor du Angst hattest, und jetzt weißt du, dass dies nur ein Dämon gewesen sein kann.«

Ares wollte nicht glauben, wie dieses Opheliawesen die Tatsachen verdrehte. Er verstand nicht, warum er überhaupt mit einer Leiche diskutierte, trotzdem antwortete er: »Du kennst den Unterschied zwischen einem Dämon und einem Engel?«

»Erkläre ihn mir bitte, denn nach deinen Worten bin ich ja ein Stück totes Fleisch, das sich nur durch einen bösen Zauber bewegt. Also auch ein Dämon.«

Ares holte tief Luft. Es konnte nicht sein, dass dieses Wesen so mit den Worten spielte. »Ein Dämon«, belehrte er Ophelia, »macht nur böse Dinge, hat Lust an der Zerstörung, am Leid anderer. Das Ganze muss nicht mal einen Sinn ergeben. Hauptsache, es ist böse. Ein Engel …«

»Also bist du ein Dämon«, unterbrach ihn Ophelia, »du schlägst Penelope die Zähne aus und mich erwürgst du fast, nur weil du Lust dazu hast.«

Ungläubig starrte Ares Ophelia an, die ungerührt fortfuhr: »Somit ist dann nach deiner Definition jeder, der selbstlos Gutes tut, ein Engel!« Damit wandte sie sich zu Penelope und fragte: »Wie nannte Baldur noch mal den Engel, der mich gerettet hat?«

»Marduk«, antwortete Penelope spontan.

»Genau«, sprach Ophelia weiter, »Marduks sind Engel!«

»Marduks sind der Inbegriff eines Dämons«, presste Ares hervor, »ich brauche da nur an die Flammen auf dem Kopf oder die Augen zu denken.«

»Höre ich hier etwa Vorurteile über etwas, das ein wenig anders aussieht und du nicht verstehst?«

Diesmal hörte Ares den spöttischen Unterton in der sonoren Stimme. Auch das Lächeln von Ophelia gefiel ihm gar nicht, sie lächelte nicht mehr wie eine Tote, sondern überlegen.

Ophelia ließ ihm keine Zeit, über ihr Lächeln nachzudenken, sie erzählte: »Ich war mit meinem Vater, einem ehrbaren Kaufmann, auf einem Schiff,

das nach Malpica segelte, als es von Piraten geentert wurde. Obwohl die Besatzung tapfer kämpfte, wurden alle getötet. Der Kapitän, mein lieber Vater, alle. Ich war die Einzige, die das Massaker überlebte. An das, was die Piraten mit mir anstellen würden, wagte ich nicht zu denken. Doch es sollte schlimmer kommen. Denn die Piraten wollten mich ihrem Dämon opfern. Sie sperrten mich ein, segelten zu ihrer Insel und bereiteten das Ritual vor. Mir läuft es jetzt noch kalt den Rücken herunter, wenn ich an ihre schauerlichen Gesänge denke. Als dann ihr Dämon erschien, schrie ich nur noch. Doch etwas war nicht so, wie es sein sollte. Dies bemerkte ich trotz meiner Panik. Denn eine zweite Gestalt erschien, deren Aussehen, dies gebe ich gern zu, gewöhnungsbedürftig war: mein Engel. Er hielt den Dämon ab, sich meiner Seele zu bemächtigen. Der Dämon und der Engel kämpften gegeneinander. Zwei Gewalten trafen aufeinander, die ich nicht beschreiben kann. Der Kampf war gnadenlos und wurde besonders von Seiten des Dämons ohne Rücksicht geführt. Er musste sich die Seelen der Piraten einverleiben, um überhaupt kämpfen zu können. Mein Engel dagegen kämpfte wild, war rasend, doch immer fair. Er rang den Dämon schließlich nieder und tötete ihn. Danach verschwand er, ohne dass ich mich bei ihm bedanken konnte. Ich wusste auch nicht, wer er war oder woher er kam. Nur ein einziger Pirat überlebte. Davon überzeugt, dass dies ein Zeichen der Götter war, damit er sein sündiges Leben ändert, brachte er mich hierher und ging selbst in ein Kloster. Erst hier erfuhr ich, dass mein Engel ein Marduk war.«
»Welch rührende Geschichte«, höhnte Ares.
»Lass, Ophelia«, mischte sich Helena ein, »er ist ein Krieger. Er versteht nur die Sprache der Gewalt. Du wirst ihn niemals von etwas anderem überzeugen. Er wird uns nicht glauben. Er muss unter Schmerzen lernen.«
Traurig nickte Ophelia. Sämtliche Überlegenheit war aus ihrem Gesicht verschwunden. »Komm, ich bringe dich zu deinen Freuden. Und ich verspreche, dich persönlich vor jedem Marduk zu beschützen.«
Ohne ein weiteres Wort zu verlieren stand Ares auf. Was sollte er auch zu dieser Geschichte sagen? Der Marduk hatte den toten Körper von dieser Ophelia gefunden oder er war der Dämon gewesen, der beschworen wurde. Anschließend hatte Baldur die Leiche wiederbelebt und sich den zynischen Spaß erlaubt, ihr diese lächerliche Geschichte als Erinnerung mitzugeben. Das Opheliawesen tat Ares leid. Dass die Stimme von Ophelia, während sie ihre Geschichte erzählte, normal geklungen hatte, ignorierte er. Und erst recht den sehnsuchtsvollen Ausdruck in Ophelias Blick, als sie von ihrem Vater geredet hatte.
Er verließ mit dem Wesen den Raum. Dass sich Ophelia vorher noch schnell

ein Gewand überzog, spielte für Ares keine Rolle. Baldurs Zauber war perfekt, selbst die Toten hatten Illusionen.

Sie waren noch nicht richtig im Flur angelangt, als aus einem anderen Raum ein Elb herausstürzte, gefolgt von einer Elbin, die die gleichen toten Augen hatte wie die Menschenfrauen.

»Ares, ich bin froh, dass du lebst! Was ist hier los? Wo sind wir? Was ist mit Baldur? Hat das Schwert ihn zum Schluss getötet?«, fragte er aufgeregt.

»Lass uns Hideyoshi holen«, antwortete Ares nur.

Der Schrei dauerte nicht lange. Er war kurz und doch voller Schmerz, dann folgte die Stille des Todes. Ophelia und die Elbin rannten sofort los zu dem Raum, aus dem er gekommen war, rissen die Tür auf und wichen entsetzt zurück. Menschen, Elben und Orks strömten von überall her auf den Flur. Sie alle hatten den Schrei gehört und wollten wissen, was passiert war.

Das Erste, was Ares registrierte, als er in den Raum sah, war das viele Blut. Hideyoshi hatte einer Orkin die Kehle zerschmettert. Ihr Blut spritzte aus der Halswunde und verteilte sich im ganzen Raum, während die Orkin leblos am Boden lag. Hideyoshi achtete nicht darauf. Kaum hatte er Ares und Sternenmeer erblickt, ging er freudestrahlend auf beide zu. »Noch nie habe ich mich so gefreut, einen Elben oder Menschen zu sehen.«

»Ich hätte mir auch nie vorstellen können, dass ich mich einmal freuen würde, einen Ork zu sehen«, erwiderte Sternenmeer glücklich.

»Wir haben etwas zu erledigen, komm Hideyoshi«, warf Ares ein, der sich gut vorstellen konnte, was passiert war.

Der Schlag kam so schnell, dass nicht einmal Hideyoshi reagieren konnte. Er wurde mit einer solchen Heftigkeit ausgeführt, dass der Ork vor Schreck nach hinten stolperte.

»Du hirnloser Bastard!«, brüllte Ophelia wütend, mit Tränen in den Augen. Sie wollte sich auf Hideyoshi stürzen, wurde aber sofort von den anderen Orks und Elben daran gehindert. Sie wollten nicht, dass Hideyoshi auch Ophelia tötete. So konnte sie nur ihre ohnmächtige Wut hinausschreien.

»Weißt du dreckiger Barbar überhaupt, wen du getötet hast?«

Ares hörte keine tote Stimme mehr, sondern nur noch die Seelenqual, unter der dieses Wesen litt. Trotzdem kam ihm nicht in den Sinn, in Ophelia einen Menschen zu sehen.

»Eine tote Kreatur«, kam die ruhige Antwort von Hideyoshi, »der ich einen Gefallen getan habe.«

»Ach, eine tote Kreatur, der du einen Gefallen getan hast?!« Ophelias Stimme war eisig, als ob sie aus der tiefsten Hölle käme: »Dann will ich dich einmal über diese *lebende Tote* aufklären und dir erzählen woran, sie gearbeitet hat. Worin sie wirklich gut war. Selbst ein hirnloser Bastard wie du sollte mitbekommen haben, dass Elben und Orks hervorragend sehen. Doch dies hat Salome, so hieß übrigens die *lebende Tote*, nicht gereicht. Sie wollte noch mehr sehen, Dinge noch genauer untersuchen. Sie hat Glas so lange bearbeitet, bis man selbst die kleinsten Details sehen konnte. Dinge, die bisher jedem Auge verborgen geblieben waren. So hat sie zum Beispiel in einem Wassertropfen Leben erkannt, mannigfaltiges Leben.

Weißt du, was dies heißt? Kannst du es dir vorstellen? In jedem Glas Wasser, das wir trinken, sind Lebewesen. Uns war damit sofort klar, warum man manches Wasser trinken kann und anderes meiden sollte oder vorher so lange erhitzen, bis sich Blasen im Wasser bilden, um diese Lebewesen zu töten. Auch konnte man diese Art von Glas dazu benutzen, um Sachen, die weit entfernt sind, besser zu erkennen. Ein Nutzen, den ein elender Barbar, der nur den Krieg kennt, sicher zu schätzen weiß. Doch jetzt ist dieses Wissen tot. Tot! Nur weil du, aus einer Laune heraus, Gott gespielt hast.«

Sie sah ihn wütend an.

»Fertig?«, fragte Hideyoshi ruhig.

Tränen schossen Ophelia in die Augen, als sie schluchzte: »Ihr kapiert es einfach nicht! Ich kann es nicht glauben!«

Ein Ork nahm Ophelia in den Arm und sie schluchzte noch mehrmals kräftig an seiner Schulter, während dieser sie sanft streichelte und beruhigend auf sie einredete. Nach einer Weile hob Ophelia den Kopf und sagte zum Ork: »Bitte kümmere dich um die anderen und sorge dafür, dass Salome ein würdiges Begräbnis erhält.«

»Willst du wirklich mit *denen* weiter zusammen sein?«, fragte ein Elb, und jedem im Flur war klar, wer mit *denen* gemeint war. »Ich kann das genauso übernehmen.«

»Ich schaffe das schon, mein lieber Bruder«, antwortete Ophelia mit roten, nassen Augen, »trotzdem danke.«

»Du warst schon immer stark, das lieben wir alle an dir«, antwortete der Elb zärtlich.

Der Ansatz eines traurigen Lächelns glitt über Ophelias tränenüberströmtes Gesicht. Ares weigerte sich zu akzeptieren, was er sah, was er hörte. Wie sich diese Toten verhielten. Diese Dämonen in Gestalt von Menschen, Elben oder Orks. Er drängte zum Gehen.

Ophelia führte sie durch den Palast. Säulengänge wechselten mit prachtvollen Hallen. Überall im Gebäude hörte man das Rauschen von Wasser, sah kleine Flussläufe und Wasserfälle. Exotische Pflanzen, Stuckarbeiten, Gemälde und Gobelins von unbeschreiblicher Schönheit erfreuten das

Auge des Besuchers. Ares nahm von all dem nichts wahr. Viel zu oft liefen ihnen die Bewohner dieses Palastes über den Weg. Hübsche junge Frauen und hübsche junge Männer. Ob Mensch, Elb, Zwerg oder Ork, alle lebten hier friedlich zusammen. Doch jeder von ihnen hatte tote und leere Augen. Jedes Gespräch, das er hörte, weckte neues Grauen in ihm. Es schien, als würden die Stimmen aus der tiefsten Hölle kommen, so kalt und tot waren sie. So verzehrt klangen die Worte in Ares Ohren. Dass all diese Wesen vor ihnen zurückwichen, war Ares' recht.

Vor einem der vielen Torbögen hielt Ophelia schließlich an: »Auch wenn ich nicht weiß wieso, doch Baldur hat darum gebeten, euch erst zur Waffenkammer zu bringen, bevor ihr geht. Sie wird euch gefallen. Denn ihr werdet nirgendwo eine bessere Rüstung, ein besseres Schwert oder ein besseres Instrument zum Töten finden. Sucht euch aus, was euch gefällt. Die Waffenmeister werden euch bei der Wahl der Mordinstrumente helfen. Wenn ihr fertig seid, kommt hierher. Ich warte auf euch.«

Ares, Sternenmeer und Hideyoshi gingen durch den Torbogen und waren sprachlos. Die Wände waren voller Waffen. Hunderte von Schwertern, Äxten, Lanzen, Hellebarden und noch viele andere hingen dort. Kaum hatten die drei den Raum betreten, als der Waffenmeister, ein Elb, und seine Gehilfen zu ihnen eilten.

»Alle Waffen, die Ihr hier seht«, erklärte der Elb, »haben ein Minimum an Gewicht und ein Maximum an Kampfkraft. Kein Dämon und keine Rüstung können ihnen standhalten. Baldur hat persönlich darauf bestanden, dass diese Waffen mit allen Zaubern gegen jedwede Kreatur versehen werden. Dies gilt übrigens auch für die Rüstungen. Mit diesen Waffen und Rüstungen seid Ihr so gut wie unbesiegbar.«

»Baldur meint es zu gut mit uns«, höhnte Ares.

»Baldur ist ein weiser und gütiger Herrscher, der seine Macht nicht ausnutzt«, erwiderte der Elb voller Überzeugung. »Uns hat er zum Beispiel die Verwaltung dieses Ortes übertragen. Probleme und Streitigkeiten müssen wir selbst regeln, niemand sonst. Deswegen haben wir uns alle – Menschen, Orks, Elben, Zwerge und Geister – auf einen Verhaltenskodex geeinigt, dem jeder zugestimmt hat. Der gütige Meister Baldur hat uns für diesen Kodex sehr gelobt.«

Ares griff willkürlich nach einem Schwert, um dem Elben nicht mehr zuhören zu müssen. Das Schwert lag wie eine Feder in seiner Hand. Es war perfekt ausbalanciert und hatte einen hervorragenden Griff.

»Wenn Ihr gestattet«, sagte der Elb sofort, »würde ich Euch auf ein anderes Schwert aufmerksam machen.«

»Wieso? Dieses gefällt mir.«

»Das liegt daran, dass hier alle Schwerter perfekt sind. Doch das Schwert, das Ihr Euch ausgesucht habt, passt nicht richtig zu Euch. Es wurde für Elben geschmiedet, die in etwa Eure Größe und Statur haben. Aber nur in etwa. Dieses Schwert hier«, damit reichte der Ork Ares ein anderes, »wurde für Menschen Eurer Größe und Statur geschmiedet. Wir haben einen Übungsraum. Probiert das Schwert ruhig aus. Ich bringe Euch gerne noch ein paar andere.«

Ares blickte kurz zu den anderen, die genauso eingewiesen wurden wie er. Ein Troll kümmerte sich um Hideyoshi und ein Ork um Sternenmeer. Ares ging in den Übungsraum und entschied sich dann für ein Schwert.

Danach ging dieselbe Prozedur bei der Rüstung los. Am liebsten hätte der Elb für Ares eine anfertigen lassen. Perfekt auf seine Größe abgestimmt, mit einem Schutzzauber von Baldur persönlich versehen. Doch nicht nur Ares, auch seinen Freunden dauerte das Ganze schon zu lange. Sie wollten diesen Ort so schnell wie möglich verlassen. Keiner von ihnen konnte die Stimmen und die toten Augen noch länger ertragen.

Als sie die Kammer wieder verließen, saß Ophelia neben einer Elbin auf einer Bank und weinte um ihre tote Freundin Salome. Die Elbin versuchte Ophelia zu trösten.

»Und jetzt brauchen wir Transporttiere, die uns schnell von hier wegbringen«, befahl Ares barsch. Diese Sentimentalität widerte ihn an. Er sah nicht ein, auf die Gefühle einer *Toten* Rücksicht zu nehmen.

Ophelia wischte sich die Tränen ab, lächelte spöttisch und ging los. Ares kannte diese Art von Lächeln zur Genüge. Es war voller Spott und Verachtung, als ob er, Ares, der Dämon sei und nicht diese Ophelia. Er fragte sich, warum er aufgehört hatte sie zu würgen. Doch da musste er wieder an ihre Haut denken und wie sie sich angefühlt hatte. Er ekelte sich immer noch davor.

Wieder ging es quer durch den Palast. Ophelia schritt zügig aus, rannte fast, doch für Ares war das immer noch nicht schnell genug. Er begann diesen Palast zu hassen, sich körperlich unwohl in dem Gemäuer zu fühlen. Er glaubte sich übergeben zu müssen. Jedes Mal, wenn ihm ein Bewohner dieses Ortes begegnete, begann seine Haut zu jucken. ›Leben ist etwas anderes‹, wusste er.

Vor einem weiteren Torbogen blieb Ophelia stehen. »Wenn ihr dem Gang folgt, gelangt ihr zu einer Galerie«, erklärte sie. »Dort befinden sich eure Transporttiere. Es wäre nicht gut, wenn sie sehen, was ihr jetzt mit mir macht. Deswegen führe ich euch nur bis hierher.«

»Und was glaubst du, was wir mit dir machen?«, fragte Ares verächtlich.
»Mich töten, wie Salome.«
Ares hörte die Verachtung aus ihren Worten. Ihre Augen glitzerten wütend, zum ersten Mal sah Ares sie als Mensch. Die Augen waren nicht mehr tot und leer und die Stimme klang warm und weich, wie die einer Frau. Auch die Verachtung, die Ophelia für Ares empfand, konnte er deutlich hören, als sie weitersprach: »Denn für euch sind wir nur totes Fleisch, das durch einen bösen Zauber am Leben ist. Es ist doch besser, wenn wir tot sind.«
»Damit würde ich dir nur einen Gefallen tun, doch so viel bist du mir nicht wert.« Ares wandte sich abrupt von Ophelia ab.

Die drei Freunde folgten dem Gang bis zu einer Galerie, von der sie auf ihre Transporttiere blickten. Ares atmete tief ein, als er sah, welche Baldur für sie ausgesucht hatte.
»Ausgerechnet Magoogs«, bemerkte Sternenmeer.
»Keine Angst, mein Freund«, antwortete Hideyoshi, als sie die Treppe hinabstiegen, »wenn du deinen Ersten umgebracht hast, schließt du sie ins Herz.«
»Denkst du, die erkennen euch?«, fragte Sternenmeer.
»Ganz sicher«, antwortete Ares, »und der einzige Grund, warum sie sich noch nicht auf uns gestürzt haben, dürften diese freundlichen Herren dort sein.« Damit zeigte er auf ein paar große Bergtrolle, die die Magoogs bändigten.
Einer der Trolle trat zu ihnen. »Aus irgendeinem Grund mögen die Magoogs euch nicht. Ich weiß nicht wieso. Dabei hat sie Baldur persönlich für euch ausgesucht.«
»Solange sie uns über die Wüste bringen …«, entgegnete Ares.
»Das schon, nur danach kann ich für nichts mehr garantieren«, erwiderte der Troll, »am besten ihr landet, sobald ihr das Gebirge seht, das die Wüste begrenzt. Sicher ist sicher.«
»Wieso?«, wollte Hideyoshi wissen.
»Die Wüste ist Baldurs Gebiet«, erklärte der Troll. »Sie werden es nicht wagen, sich dort seinem Willen zu widersetzen. Aber wenn ihr sein Gebiet verlasst, weiß ich nicht, was sie machen werden. Und denkt daran, noch nie hat jemand einen Magoog getötet.«
Die drei Freunde begannen laut zu lachen, und für einen kurzen Augenblick glaubte Ares so etwas wie Entsetzen in den toten Augen des Trolles zu sehen. Doch der Augenblick ging so schnell vorüber, dass Ares sich nicht sicher war, ob er es sich nur eingebildet hatte. Dann ging er auf einen der

Magoogs zu. Er spürte an der Unruhe des Tieres, dass es ihn am liebsten getötet hätte. Aber da war etwas, was den Magoog zwang, Ares nicht anzugreifen. Einer der Trolle half Ares auf den Rücken und sagte: »Wir haben eine Art Sattel vorbereitet, in dem Ihr bequem sitzen könnt. Der Magoog kennt den Weg. Wenn Ihr landen wollt, müsst Ihr Euer Gewicht einfach nur nach vorne verlagern. Denkt daran, vor dem Gebirge zu landen. Auf keinen Fall später … und viel Glück.«

Kaum hatte der Troll das Wort Glück in den Mund genommen, schoss der Magoog auch schon in die Luft. Ares hatte zunächst Mühe, sich auf dem Rücken der Kreatur zu halten. Doch je länger der Flug dauerte, umso mehr Spaß machte er ihm. Es war später Nachmittag, als sie starteten, und er hatte einen fantastischen Ausblick auf die Wüste und die Oase, die Baldur angelegt hatte.
Die anderen zwei Magoogs schossen mit der gleichen Geschwindigkeit in die Höhe. Alle drei flogen in Richtung Westen. Die Magoogs legten eine Geschwindigkeit vor, die Ares unglaublich fand. Der Boden unter ihnen schoss weg. Noch bevor der nächste Tag richtig dämmerte, sah er das Gebirge vor sich. Ares spürte, wie der Magoog leicht unruhig wurde, landen wollte. Ares blieb ruhig sitzen, ließ den Magoog weiterfliegen. Dann sah er zu seiner Linken einen Magoog langsam aufholen. Sternenmeer brüllte ihm etwas zu, was er nicht verstand. Dann zeigte der Elb nach unten, doch Ares schüttelte nur den Kopf und deutete geradeaus. Als ob die Magoogs das kurze Gespräch verstanden hätten, zerrissen ihre Schreie die Stille des Morgens. Ares war sich sicher, dass es Freudenschreie waren. Er wusste, dass diese Wesen nun Rache nehmen wollten für ihre getöteten Artgenossen. Die Magoogs beschleunigten, das Gebirge raste auf sie zu. Schnell hatten sie die höchsten Pässe überflogen.
Auf der anderen Seite des Gebirges erstreckte sich eine Ebene, auf die ein Wald folgte. Ares verlagerte sein Gewicht nach vorne, um zu landen, doch der Magoog reagierte nicht. Er flog weiter, doch nicht mehr ruhig, sondern ruckartiger. Damit hatte Ares gerechnet. Er zog sein Schwert und hielt es hoch. Die aufgehende Sonne spiegelte sich darin. Er vertraute darauf, dass Hideyoshi und Sternenmeer ihn verstanden. Ein kleiner Schnitt in die Halsschlagader des Magoogs genügte. Schnell steckte er die Waffe wieder weg und hielt sich fest. Der Gedanke, dass ein Tier, dem man die Halsschlagader aufgeschnitten hatte, innerhalb weniger Sekunden tot sein würde, kam ihm allerdings nicht.
War der Magoog bisher nur unruhig geflogen, so wurde er jetzt wild. Ares

konzentrierte sich darauf, nicht abgeworfen zu werden. Ganz langsam näherten sie sich dem Boden. Sie waren aber immer noch zu schnell und zu hoch, sodass er nicht abspringen konnte. Erst kurz vor dem Wald schlug der Magoog auf und Ares wurde vom Rücken des Untieres geschleudert.

Hideyoshi und Sternenmeer erging es nicht besser als ihm. Ausgeblutet, mit gebrochenem Genick und verrenkten Gliedern lagen die Magoogs hinter ihnen.

»Fliegen habe ich mir schöner vorgestellt«, bemerkte Hideyoshi.

»Das Fliegen war auch schön«, antwortete Sternenmeer, »nur das Landen müssen wir noch üben.«

»Die Wüste und die Berge liegen hinter uns. Das ist das Einzige, was zählt«, erklärte Ares und ging los. Er wusste, dass er versagt hatte. Das Schwert war weg und Baldur am Leben. Schlimmer noch, er kannte Baldurs Plan. Er wusste, dass keiner den dunklen Lord aufhalten konnte. Baldurs Plan war perfekt. Zauberer oder Menschen wie Feisal hatte es schon immer gegeben und würde es immer geben. Genauso wie es Hass und Neid immer geben würde. Also würden sie die Arbeit des dunklen Lords machen, der sich einfach zurücklehnen konnte, um auf das Ende zu warten, das unweigerlich kommen würde.

2. COUCY

ie marschierten den restlichen Tag ohne Pause weiter. Keiner sagte etwas, denn es gab nichts zu sagen. Sie folgten einem uralten Pfad durch den Wald, der nur schwer zu erkennen war.

Die Entscheidung für die Rast am Abend erfolgte, ohne dass ein Wort fiel. Als die Sonne rot durch die Bäume schien, blickten sie sich an, nickten kurz und rasteten dann genau dort, wo sie waren. Ihnen war jeder Platz recht.

Erst während des Essens brach Hideyoshi das Schweigen. Er fragte nebenbei, so als ob Ares eine Geschichte erzählt hätte, an deren Ende er sich nicht mehr erinnern konnte und die mit ihm nichts zu tun hatte: »Was ist mit dem Schwert passiert?«

»Das Schwert«, holte Ares tief Luft, »das Schwert gibt es nicht mehr. Ich habe versagt. Baldur hat es mir abgenommen, er dürfte es mittlerweile zerstört haben. Auch kenne ich seinen Plan, und bei aller Abscheu ihm gegenüber muss ich anerkennen, dass dieser genial ist.«

Dann erzählte er ihnen, was sich zugetragen hatte, und erläuterte Baldurs Vorhaben. Als er geendet hatte, aß keiner mehr.

»Es ging ihm niemals um das Schwert«, stellte Hideyoshi fest.

»Wieso auch«, warf Sternenmeer ein, »ich muss Ares zustimmen, der Plan ist perfekt. Ich denke nur an Phokis.«

»Das Schlimme ist«, erklärte Ares, »dass Baldur auf jeden Fall siegt. Selbst wenn wir ihn mit dem Schwert getötet hätten. Der Samen des Hasses und des Zweifels war längst gesät. Jeder rüstet, jeder muss rüsten, auch wir. Denn wer weiß, wann der Nachbar einen überfällt?«

»Machst du dir Vorwürfe, weil du Baldur nicht getötet hast?«, fragte Hideyoshi.

»Ich weiß es nicht«, antwortete Ares ehrlich, »auch wenn Baldurs Tod mein Auftrag war. Aber am meisten geben mir Baldurs Tote zu denken. Ich habe Angst davor, dass wir alle bald so rumlaufen wie sie. Auf der Reise haben wir so viel erlebt, dass ich fürchte, dass wir uns alle nach dem Zustand der Frauen sehnen.«

Schweigen senkte sich über die Gruppe, nur hin und wieder knackte ein Ast im Feuer.

»Ich fürchte, du hast recht, Ares«, sagte Hideyoshi nach einer Weile. »Baldur macht nichts zufällig. Mit den Toten wollte er uns etwas zeigen. Dass die Magoogs nach Westen geflogen sind, war auch kein Zufall.«

Das Feuer erhellte die Nacht, zog Motten und andere Insekten an. Aber keiner von ihnen nahm es wahr.

»Denkst du, deswegen leben wir noch?«, fragte Sternenmeer. »Damit wir über unsere Zukunft nachdenken? Das glaube ich nicht. Ich verstehe seine Haltung uns gegenüber nicht. Wir haben Baldur herausgefordert, mit einem Schwert attackiert und alles versucht, um ihn zu töten. Trotzdem wachen wir bei den schönsten Frauen unserer eigenen Rasse auf, die uns glücklich machen wollen. Er gibt uns Magoogs, mit denen wir über die Wüste fliegen können, obwohl er weiß, was wir anschließend mit diesen machen werden. Wir erhalten hervorragende Waffen. Habe ich vergessen etwas aufzuzählen?«

»Nein«, antwortete Ares, »aber deine Frage kann ich dir beantworten. Er will uns foltern.«

Hideyoshi und Sternenmeer blickten ihn fragend an.

Ares starrte noch einen Moment ins Feuer, bevor er fortfuhr: »Was ist Folter? Folter bedeutet, eine Person in eine ausweglose Situation zu bringen, die sie aus eigener Kraft nicht beenden kann. Meist fügt man der Person in dieser Situation auch noch Schmerzen zu. Schmerzen können auf die verschiedensten Arten erzeugt werden. Wichtig ist dabei, dass man nicht zu brutal und zu schnell vorgeht, sonst stirbt das Folteropfer vorzeitig.

Baldur wusste, dass mit so einem Auftrag nur Leute losgeschickt werden, die vorher schon in unzähligen Schlachten gekämpft haben. Ein Blick genügte ihm und er wusste, dass jeder von uns schon unzählige Arten von Schmerzen und Wunden am eigenen Körper und am Körper von Freunden und Feinden erlebt hat. Dass wir gelernt haben, wie das Leben mit körperlichen Schmerzen ist. Wie man diese Art von Schmerz unterdrückt, ihn in sich aufnimmt, sich an ihm weidet und daraus Stärke bezieht. In einer dunklen Höhle mit muffiger Luft und verrosteten alten Marterinstrumenten wäre uns nicht beizukommen gewesen. Vor allem weil wir wissen, wie man tötet – andere und uns selbst. Bevor der Foltermeister richtig angefangen hätte, hätte Baldur drei Leichen gehabt und keine Rache. Vielleicht hätten wir sogar den Foltermeister töten können. Doch nun kennen wir Baldurs Plan, wir wissen, was in der Welt passiert. Hinzu kommt, dass wir stark und ausdauernd sind. Ich gehe davon aus, dass uns Baldur mit einem Zauber noch stärker gemacht hat, als wir es schon waren. Wir besitzen die besten Waffen, die uns so gut wie unbesiegbar machen. Aber was nützt uns das? Nichts! Was nützt uns unsere ganze Stärke, die nur auf Kampf ausgerichtet ist? Baldur ist dem Chaos verpflichtet, und mit drei perfekten Kriegern wie uns ist er diesem Ziel wieder ein Stück näher gekommen.«

»Und das ist Baldurs Folter an uns«, ergänzte Hideyoshi verstehend. »Weil wir nichts dagegen tun können. Er wird uns in Situationen bringen, in den wir zur Waffe greifen müssen, um unser Leben oder unsere Werte zu verteidigen. Auch wenn dies in einem Chaos endet. Uns wird bewusst werden, dass die Welt, wie wir sie kannten, nicht mehr existiert. Dass es sie vielleicht niemals gab. Und dass es keine Möglichkeit gibt, daran etwas zu ändern.«

»Ehrlich gestanden kann ich mir keine schlimmere Folter vorstellen«, schloss Ares das Thema.

Den Rest des Abends verbrachten sie schweigend.

Die nächsten Tage folgten sie dem Pfad, der sie durch den Wald führte. Keiner von ihnen redete. Es gab nichts zu sagen. Ares hatte ihnen ihre Situation deutlich vor Augen geführt. Hideyoshi und Sternenmeer wussten, dass er recht hatte.

Sie marschierten von Sonnenaufgang bis Sonnenuntergang. Suchten sich etwas zu essen und legten sich auf den Boden, um zu schlafen. Wache hielt keiner. Zum einen war es ihnen egal, ob sie überfallen und getötet wurden, zum anderen glaubten sie nicht, dass auch nur einer von ihnen so viel Glück haben würde, von einem Räuber im Schlaf getötet zu werden. Baldur wachte über sie, bald würde seine Folter beginnen. Deswegen machten sie sich über ihren weiteren Weg keine Gedanken mehr. Sie änderten nicht die Richtung. Denn dann, da waren sie sich einig, würde ihnen Baldur Hindernisse in den Weg legen. Hindernisse, die sie nicht bewältigen konnten. Es war besser, der Richtung zu folgen, die der dunkle Herrscher vorgegeben hatte, um zu sehen, was er mit ihnen vorhatte.

Sie hatten keine Augen mehr für den dichten Wald mit seinen alten, knorrigen Bäumen. Nicht für die einzelnen Sonnenstrahlen, deren Licht die Bäume liebkoste. Auch nicht für die vereinzelten Bäche, die munter über kleine Steinstufen sprangen. Keiner von ihnen machte sich die Mühe, nach einer Furt oder einem Übergang zu suchen. Wenn die Füße nass waren, waren sie nass. Ob jemand ihren Spuren folgte, interessierte nicht mehr. Sollte er doch, wenn es ihm Spaß machte. Dass sie sich trotzdem lautlos fortbewegten, geschah unbewusst, nicht gewollt. Es war ihnen in all den Jahren so in Fleisch und Blut übergegangen, dass sie es gar nicht mehr mitbekamen. Das Einzige, was sie nicht verzweifeln ließ, war ihre Gemeinschaft. Sie waren zusammen, mehr zählte nicht.

Als sie auf einen kleinen Weiler an einem Fluss stießen, blieben sie erst einmal stehen. Würde ihnen hier zum ersten Mal ihre Ohnmacht vor Augen geführt? Ganz langsam, jedes Geräusch vermeidend, schlichen sie, mit dem Schwert in der Hand, auf die Häuser zu. Je näher sie dem Weiler kamen, umso aufmerksamer wurden sie. Hier stimmte etwas nicht. Es fehlte das Leben, als hätten die Bewohner des Ortes beschlossen, ihn aufzugeben. Es war still, viel zu still. Kein Hund kläffte, kein Hahn krähte, kein Schaf blökte. Diese Stille erinnerte Ares an die Ruhe auf einem Friedhof und nicht an die Geschäftigkeit auf einem Hof. Als sie die Häuser erreicht hatten, blickten sie vorsichtig durch die Fenster, doch kein Gegner stellte sich ihnen in den Weg, keiner griff sie an. Dann betraten sie das erste Haus. Wieder stutzte Ares. Es war offensichtlich zügig, aber nicht in Hast verlassen worden. Als ob die Bewohner vorhatten, in ein paar Tagen wieder zurückzukehren. Lebensmittel hatten sie gar nicht mitgenommen. In den anderen Häusern bot sich ihnen dasselbe Bild. Alles deutete auf einen schnellen, aber nichts auf einen überstürzten Aufbruch hin. Zeichen für ein gewaltsames Eindringen in die Häuser konnten sie nirgends ausmachen.

»Was ist hier los?«, fragte Ares.

»Ich fürchte«, antwortete Sternenmeer, »das erfahren wir noch früher, als uns lieb ist.«

»Zumindest können wir unsere Vorräte auffrischen«, erklärte Hideyoshi pragmatisch. Sie nahmen sich ein paar Lebensmittel und verließen den Ort. Sie wussten, das Sternenmeer mit seiner Bemerkung recht behalten würde. Zwei Tage später stießen sie auf ein verlassenes Haus im Wald. Spuren von Gewalt fehlten, keine Fensterscheibe war zerschlagen, kein Balken angesengt. Es gab auch kein Anzeichen dafür, dass das Haus geplündert worden war. Doch war es in großer Hast verlassen worden.

»Wenn eine Armee irgendwo entlang marschiert«, fragte Sternenmeer, »werden doch die Gehöfte, die auf ihrem Weg liegen, gebrandschatzt?«

»Nicht immer«, erwiderte Ares, »bei Verbündeten zum Beispiel nicht. Oder wenn die Aussicht auf Beute zu gering ist.«

»Eine Armee hinterlässt eine Spur«, warf Hideyoshi ein, »die Spuren der letzten Armee habe selbst ich erkannt.«

»Hier würdest du sie noch viel besser erkennen«, erklärte Ares, »wir befinden uns in einem Wald. Was denkst du, wie breit die Schneise ist, die eine Armee durch einen Wald schlägt?«

»Was hat dann aber die Bewohner vertrieben?«, wollte der Ork wissen. Niemand konnte es ihm sagen.

Die Besiedlung wurde dichter. Sie sahen weitere Häuser und Höfe. Doch alle waren leer und verlassen. Sie nutzten die Gelegenheit, schliefen nachts in den Häusern und bedienten sich an den Lebensmitteln. Trotzdem waren sie immer vorsichtig, wenn sie in die Nähe eines Hauses kamen. Sie wollten nicht das geringste Risiko eingehen.

Schließlich erreichten sie ein verlassenes Dorf.

»Eine Krankheit kann es auch nicht sein«, stellte Sternenmeer fest, »dann hätten wir frische Gräber gesehen oder Leichen, wenn die Krankheit zu ansteckend gewesen wäre und man die Toten nicht mehr beerdigen konnte.«

»Eine Armee schließe ich aber auch aus«, sagte Ares, »auch da hätten wir Tote gesehen, auf jeden Fall aber Spuren der Armee.«

Ein leises Wiehern unterbrach die weitere Diskussion.

»Wenigstens etwas Leben«, stellte Ares trocken fest.

Während er direkt auf den Stall zuging, aus dem das Geräusch kam, passten Sternenmeer und Hideyoshi auf, dass niemand von hinten oder der Seite angriff. Ohne zu zögern öffnete Ares die Tür und sah ein paar abgemagerte Pferde, mehr dem Tod als dem Leben nahe. Ein kurzer Blick genügte ihm, um zu erkennen, dass dies kein Hinterhalt war. Er gab den Tieren erst einmal Wasser und Hafer, bevor er die beiden anderen zu sich rief.

»Die Dörfler müssen es sehr eilig gehabt haben«, sagte Sternenmeer, »wenn sie ihre Pferde vergessen.«

»Zu unserem Glück!«, antwortete Ares. »Ich bin das Laufen leid.«

In den nächsten Tage kümmerten sie sich um die Pferde, die sich zusehends erholten, erkundeten das Dorf und den umliegenden Wald. Sie hofften herauszufinden, was die Bewohner eines ganzen Dorfes so erschreckt hatte, dass sie geflohen waren. Doch so intensiv sie auch suchten, das Verschwinden der Menschen blieb ihnen ein Rätsel. Sternenmeer glaubte, auf einer seiner Runden durch den Wald einen Mann und eine Frau gesehen zu haben. Allerdings waren diese so schnell verschwunden, dass er sich nicht sicher war, ob er sich nicht getäuscht hatte.

Als zwanzig Reiter in das Dorf ritten, wurden alle drei misstrauisch. Keiner von ihnen konnte sagen, wer die Reiter geschickt hatte und was sie in dem verlassenen Dorf wollten. Sie warteten, bis die Reiter den Marktplatz erreicht hatten und von ihren Pferden gestiegen waren. Erst dann näherten sie sich ihnen langsam.

»Schönen Guten Tag«, begrüßte Ares den Trupp. »Können wir irgendwie behilflich sein?«

Die Reiter starrten sie an, als würden Dämonen auf sie zukommen. Ares ließ sich nicht aus der Ruhe bringen. »Schöne Pferde habt ihr. Können wir ein paar käuflich erwerben?«

Die Reiter starrten sie weiter an.

»Versteht ihr mich nicht? Sprecht ihr eine andere Sprache?«, fragte Ares freundlich, als sie bei den Reitern standen.

»Doch, wir verstehen dich«, antwortete einer der Reiter, der wahrscheinlich Anführer der Gruppe war. »Wer seid ihr, was wollt ihr hier? Für was braucht ihr Pferde?«

»Wir sind Bauern«, erklärte Hideyoshi, »und müssen den Wald ein wenig roden, um Kartoffeln zu pflanzen. Dazu braucht man kräftige Arbeitstiere.«

»Was? Bist du bescheuert? Das sind Reitpferde und keine blöden Ackergäule«, fuhr der Anführer sie an.

»So einen Elb habe ich noch nie gesehen«, meldete sich eine Stimme aus dem Hintergrund.

»Ruhe«, brüllte der Anführer und wandte sich dann wieder an sie: »Also noch mal, wer seid ihr? Was wollt ihr?«

»Ich hasse es, mich zu wiederholen«, antwortete Hideyoshi leicht gereizt. »Wir wollen uns zur Ruhe setzen. Sind extra in dieses wundervolle Dorf gekommen …«

»Ihr kommt mit zu unserem Kommandeur«, schnitt der Anführer ihm das Wort ab, »ihr seid sicher Spione.«

»Dazu habe ich aber keine Lust«, warf Sternenmeer ein.

»Ich werde dir in unserem Lager erst mal die Ohren stutzen«, brüllte der Anführer, »du elender Elb.«

Plötzlich ragte der Griff eines Messers aus seinem Hals. Darauf hatten Ares und Hideyoshi nur gewartet. Die Schwerter sprangen gerade zu in ihre Hände. Bevor der Trupp Reiter wusste, was passierte, lagen schon fünf ihrer Kameraden tot auf dem Weg. Die anderen zögerten kurz, so schnell hatten sie noch niemanden mit der Waffe hantieren sehen wie diese drei. Aber es waren nur drei, also stürmten sie los, behinderten sich gegenseitig und die nächsten gingen zu Boden. Jetzt lebten vom Trupp vielleicht noch zehn Mann. Doch diese gaben nicht auf und starben genauso wie ihre Kameraden.

»Waren diese paar Reiter etwa der Grund, warum die Bewohner geflohen sind?«, fragte Sternenmeer, nachdem der letzte der Reiter zu Boden gesunken war.

»Das glaube ich nicht. Vielleicht hätten wir einen am Leben lassen sollen, um ihn zu fragen«, entgegnete Hideyoshi.

»Dafür ist es jetzt zu spät«, erklärte Ares. »Möglich, dass wir noch Besuch bekommen, den wir fragen können. Doch lasst uns vorher die Leichen begraben und die Pferde in den Wald schicken. Wer weiß, wem die Reiter gedient haben. Es wäre nicht gut für uns, die Tiere zu behalten.«

Sie blieben noch zwei Tage im Dorf, ohne dass sich etwas ereignete. Dann sattelten sie die Pferde, die sie im Stall entdeckt hatten, und folgten weiter dem alten Pfad durch den Wald. An den Spuren erkannte Ares, dass sie in die Richtung ritten, aus der die Reiter gekommen waren. Doch trafen sie weder auf eine Armee noch auf ein Lager von irgendwelchen Räubern. Es schien, als seien die Reiter die letzten Menschen in dem Wald gewesen.
Es dauerte eine ganze Woche, bis sie das Ende des Waldes erreicht hatten. Kurz bevor sie den letzten Baum hinter sich gelassen hatten, zügelten sie ihre Pferde und betrachteten die Stadt, die vor ihnen lag. Man hatte sie an den Hängen eines Berges errichtet. Sie konnten die Wachen erkennen, die auf den Wehrgängen der Stadtmauer patrouillierten. Direkt hinter der Mauer vermuteten sie Wohnviertel der Bedürftigen und Armen. Je höher man blickte, umso stattlicher wurden die Häuser. Es war deutlich, dass dort die Leute wohnten, die es sich leisten konnten, im Inneren einer Stadt zu leben. Auf der Spitze des Berges thronte das Schloss, umgeben von einem Garten, der selbst aus dieser Entfernung gut zu sehen war. Der Herrscher präsentierte seinen Reichtum. Angesichts der Größe der Stadt erstaunte es Ares, dass er keine Felder oder Weiden sah, dafür Grasfläche so weit das Auge blickte. Von was ernährten sich die Stadtbewohner?
»Kennt jemand diese Stadt?«, fragte Ares.
»Ich kenne sie nicht«, antwortete Hideyoshi.
»Vielleicht erfahren wir dort, was den Bewohnern des Waldes zugestoßen ist«, warf Sternenmeer ein.
»Dies würde mich wundern. Ich glaube eher, die wissen nicht einmal, dass die Gehöfte östlich von hier leer sind. Es ist besser, wenn wir die Stadt meiden. Denkt an Phokis«, antwortete Ares.
»Dies ist nicht Phokis«, entgegnete Sternenmeer.
»Die Stadtmauer ist in Ordnung und die Häuser sind nicht zerfallen. Komm Ares, du wirst dich wieder unter die Lebenden wagen müssen«, bemerkte Hideyoshi.
Ares schaute seine beiden Freunde kurz an. »Beschwert euch aber nicht bei mir, wenn hier eine Teufelei am Werk ist. Und denkt dran, wir sitzen nicht auf unseren eigenen Pferden.«
»Die Pferde von irgendwelchen Bauern. Ich kann mir nicht vorstellen, dass die jemand erkennt«, sagte Hideyoshi.

Über die weite Grasebene ritten sie auf die Stadt zu. Der Unterschied zu den anderen Städten auf ihrer Reise fiel Ares gleich am Stadttor auf. Die Wachen nahmen ihre Aufgabe ernst. Nach den üblichen Fragen, was sie in der Stadt wollten und woher sie kämen, trat ein Elb zu ihnen. Sofort machten die anderen Wachen respektvoll Platz.

»Nach eurer Kleidung zu urteilen, seid ihr weit gereist. Doch das scheint euch nicht im Geringsten ermüdet zu haben«, sprach er sie an.

»Wir müssen uns auf unserer Reise nicht beeilen«, antwortete Ares ruhig.

Der Elb musterte sie, besonders Hideyoshi betrachtete er genau. »Ein Elb, ein Mensch und ein Ork. Was wollt ihr in Coucy?«

»Ein wenig Ruhe, einen sauberen Gasthof, gutes Essen und noch mehr Ruhe.«

Der Elb sagte nichts. Sie spürten förmlich, wie er versuchte, sie einzuschätzen.

»Geht in das Gasthaus *Goldene Krone*«, sagte er schließlich. »Es liegt in der Nähe des Schlosses. Sagt, dass der Meister der Wache, Mappó, euch gesandt hat. Man wird euch freundlich empfangen.«

Dann wandte sich der Elb ab und verschwand. Die anderen Wachen traten zur Seite. Als Ares, Hideyoshi und Sternenmeer langsam durch das Tor ritten, spürten sie die Blicke der Wächter auf ihren Rücken.

Die Straßen in den Vierteln nahe der Stadtmauer waren eng und schmal, aber es stank nicht wie in Hâlmavik. Der Herrscher von Coucy achtete darauf, dass selbst die Viertel der Armen nicht verdreckten. Die Bewohner trugen zwar einfach geflickte Kleidung, doch sie wirkten gepflegt. Die Coucyaner kümmerten sich nicht um die drei Reiter, die sich ihren Weg durch die Menschenmenge bahnten. Sie machten Platz, wenn sie konnten, wenn nicht, mussten die Reiter warten.

Je näher sie dem Schloss kamen, umso breiter wurden die Straßen und sie waren ausnahmslos gepflastert. Die Häuser hatte man mit aufwendigen Stuckarbeiten verziert. Die Coucyaner, die ihnen hier begegneten, trugen alle elegante Kleidung aus teuren Stoffen.

Während ihres Rittes hatten die drei Freunde das Gefühl, ständig beobachtet zu werden.

»Meinst du, wir sollen in die *Goldene Krone* gehen?«, fragte Hideyoshi Ares. »Dieser Mappó schien mir etwas merkwürdig. Alleine der Name.«

»Was stört dich an seinem Namen?«, wollte Ares wissen.

»Er ist orkischen Ursprungs. Dabei ist es nicht mal ein Name, sondern der Begriff für die Leere der Endzeit.«

»Passt ja«, sagte Ares.

»Zu uns, mit unseren Erlebnissen«, warf Sternenmeer ein. »Aber die Elben, die ich kenne, würden lieber sterben, als sich nach einen Orkbegriff zu nennen.«

»Wieso beschleicht mich nur das Gefühl, dass wir schleunigst aus der Stadt verschwinden sollten?«, fragte Ares.

»Weil du Angst hast, dass die nächste Stadt brennen könnte«, scherzte Sternenmeer.

»Ich glaube kaum, dass sich unser Freund noch mit einer brennenden Stadt zufriedengibt«, stimmte Hideyoshi lachend zu.

Das Gasthaus fanden sie schnell. Es war, als hätte sie der Weg direkt dorthin geführt. Sie waren noch nicht richtig von ihren Pferden gestiegen, als der Wirt schon aus der Tür kam und sie begrüßte. »Wie schön, die drei Reisenden.«

»Die Überwachung klappt perfekt«, bemerkte Hideyoshi.

»Überwachung? Oh nein«, zierte sich der Wirt, »der Meister der Wache, Mappó, ist ein alter Freund von mir und nur um Euer Wohlergehen besorgt. Mein Name ist Carlos. Wenn die edlen Gäste etwas brauchen, rufen Sie bitte nach mir. Aber zuerst werde ich Ihnen Ihre Zimmerflucht zeigen. Ein Diener wird die kostbaren Pferde versorgen.«

Während Carlos sprach, eilte ein Diener herbei, ergriff die Zügel der Tiere und führte sie weg. Dann machte der Wirt eine einladende Geste und geleitete Ares, Sternenmeer und Hideyoshi zu ihrer Zimmerflucht, eine durch eine Tür zu betretende Anordnung von mehreren Zimmern. Es gab eine Art Hauptraum, mehrere Nebenräume mit Betten, selbst einen Raum, in dem man sich waschen konnte. Jeden Fürsten hätten die Gemächer mehr als zufriedengestellt.

»Könnten mir die edlen Gäste bitte Ihre Namen nennen?«, fragte der Wirt, nachdem er sie durch die Räumlichkeiten geführt hatte und sie wieder im Hauptraum angekommen waren.

»Das hätte Mappó auch gleich haben können«, sagte Ares. »Ich bin Baron Ganglerie aus Avernes.«

»Graf Wegaglanz«, stellte sich Sternenmeer vor.

»Leider sind mein Name und meine Titel für die meisten Menschen nicht auszusprechen, nennt mich deswegen am besten Flinkes Messer«, erklärte Hideyoshi.

Der Wirt verbeugte sich tief und verließ sie.

»Wieso hast du eigentlich nicht deinen wirklichen Namen genannt?«, wollte Hideyoshi wissen, als sie alleine waren.

»Ich gebe viel auf meine Gefühle«, antwortete Ares. »Und dass der Wirt uns schon in der Tür begrüßt hat … irgendwie merkwürdig.«

Er hatte das letzte Wort noch nicht richtig ausgesprochen, als es an der Tür klopfte. Ares öffnete.

»Ich wünsche einen schönen Tag. Mein Name ist Johann av Bardax«, stellte sich ein Bote vor. »Der Großfürst von Coucy gibt heute Abend eine Gesellschaft und würde sich freuen, wenn Sie ihm die Ehre erweisen würden, mit ihm zu speisen.«

»Wir fühlen uns geschmeichelt«, antwortete Ares. »Richtet Seiner Königlichen Hoheit aus, dass wir gerne kommen.«

»Ich werde Sie bei Sonnenuntergang abholen.«

»Womit haben wir denn diese Ehre verdient?«, fragte Hideyoshi, nachdem die Tür wieder geschlossen war.

»Ich fürchte, man glaubt uns weder unsere Namen, noch dass wir einfache Reisende sind«, erklärte Ares.

»Und das Schlimmste ist, dass wir uns unsere neuen Namen merken müssen«, warf Sternenmeer ein. »Nichts wäre peinlicher, als wenn ich Hideyoshi mit Hideyoshi anreden würde und jetzt nicht mit … wie war das … was für ein Messer? Scharfes Messer?«

»Flinkes Messer, einfach Flinkes Messer«, antwortete Hideyoshi schmunzelnd.

Pünktlich zum Sonnenuntergang kam Johann av Bardax zu ihnen, um sie zum Schloss zu geleiten. Als Ares anmerkte, dass sie sich sehr geschmeichelt fühlten, an der Tafel einer so erlauchten Hoheit zu sitzen, murmelte Johann nur etwas von der Großzügigkeit des Fürsten. Im Schloss führte Johann sie durch lange Gänge, von denen er einige zweimal durchquerte, um sie zu beeindrucken. Dann öffnete er eine Tür zu einem Raum, in dem neben Mappó noch ein Mensch anwesend war. Der Mensch war groß, breitschultrig und hatte einen brutalen Gesichtsausdruck. Auch wenn eine gewisse Bauernschläue aus seinen Augen sprach, so erkannte Ares doch, dass er nicht wirklich intelligent war, dass er alles tat, um seine persönlichen Ziele zu erreichen.

»Ich bin Herzog Frederic de Coucy«, begrüßte sie der Mensch, »der Bruder des Großfürsten von Coucy.«

»Eine Ehre für einen armen …«, wollte Ares antworten, doch Mappó hob die Hand. »Wir kennen die Namen, die Ihr dem Wirt gegeben habt, Baron Ganglerie aus Avernes. Und wenn Ihr Ganglerie sein wollt, bitte. Wir wollen nur wissen, warum Ihr in Coucy seid. Wir wissen, dass es Geschichten gibt, die man besser nicht am Tor erzählt. Also, was wollt Ihr?«

»Das wenigste, was Ihr glauben werdet, ist die Wahrheit«, begann Ares.

»Probiert es doch mal«, forderte Frederic sie auf.

»Wir wollen zum Meer, das ist alles, und Coucy liegt auf unserem Weg.«
»Ihr habt recht, wir glauben Euch nicht«, antworte Frederic schnell.
»Wir sind das, was wir sind«, entgegnete Ares. »Und das, für was Ihr uns haltet. Wir waren erfolgreich in unserem Gewerbe und haben weit im Süden Gold gemacht. Was wir am Tor sagten, stimmt. Wir wollen nichts als Ruhe. Deswegen befinden wir uns auf dem Weg zum Meer, das mein Orkfreund und auch der liebe Elb noch nie gesehen haben. Ich bin am Meer aufgewachsen, weiß, welche Ruhe, welchen Frieden es ausstrahlt und vermisse es sehr. Deswegen sind wir hier.«
»Irgendetwas sagt mir, dass Ihr lügt«, warf Mappó ein. »Eure Waffen können aus dem Süden sein. Ungewöhnlich sind sie auf alle Fälle. Und dass Ihr einen weiten Weg auf Euch nehmt, nur um zum Meer zu kommen, glaube ich nicht. Ihr kommt aus dem Osten. Wie war es auf der Hochebene von Ko Chang?«
»Wir haben viele Meilen zurückgelegt und haben noch einige vor uns. Wir scheuen keinen Feind und erst recht keine Wüsten. Doch die Ko Chang haben wir umgangen. Man muss nicht jedes Risiko eingehen.«
»Mir hat ein elbischer Freund eine Geschichte erzählt«, sagte Mappó. »Von einem Trupp Orks, die von einem Menschen angeführt wurden, was sehr ungewöhnlich ist. Denn wie Ihr wisst, akzeptieren Orks nur Orks als Anführer. Doch dieser Mensch hat sich wie ein Ork benommen und mein Freund war sich zum Schluss nicht sicher, wer Ork und wer Mensch war. Dieser Trupp jedenfalls hat Freunde von sich gesucht, einen Ork und einen Menschen. Wisst Ihr etwas darüber?«
Ares blickte fragend zu Hideyoshi, der antwortete: »Diese Geschichte haben wir auf unserer Reise auch schon gehört …«
»Aber Ihr seid nur arme Reisende«, unterbrach Frederic den Ork. »Mit Waffen, für die Ihr halb Coucy kaufen könntet. Dafür reitet Ihr auf Pferden von Bauern.«
»Habt Ihr uns zu Euch bestellt, um über unsere Waffen oder Tiere zu diskutieren?«, fragte Sternenmeer.
»Nein«, antwortete Frederic ernst. »Seit einiger Zeit erhalten wir keine Nachrichten mehr aus dem Gebiet östlich von Coucy. Wir wissen nicht, was dort passiert. Wir schickten eine Patrouille von zwanzig Mann aus. Doch sie kehrte nicht wieder zurück. Nur die Pferde sind vor ein paar Tagen zurückgekehrt, ohne Sattel oder Zaumzeug. Und jetzt kommt Ihr munter aus der Gegend geritten, als ob es dort kein Geheimnis gäbe.«
»Nachdem wir die Hochebene von Ko Chang umgangen hatten«, begann Sternenmeer, »sind wir durch einen Wald geritten, nicht über offenes Land.

Ich brauche nicht zu erwähnen, dass mir als Elb der Wald lieber ist. Doch irgendetwas Ungewöhnliches gesehen oder bemerkt haben wir nicht.«

»Dass wir unterwegs niemanden gesehen haben, wunderte uns nicht«, erklärte Hideyoshi weiter. »Zum einen waren wir überzeugt, dass dies an der Nähe zur Hochebene liegt. Zum anderen sind wir schon öfters über weite Gebiete geritten, in denen nur Wildtiere leben.«

Frederic und Mappó schauten sich an, es war offensichtlich, dass sie ihnen die Geschichte nicht glaubten.

»Wenn wir Euch als Söldner beschäftigen wollten«, fragte Mappó einer Eingebung folgend, »was wäre Eure Antwort?«

»Uns langt unser letzter Kampf«, entgegnete Ares, »und jetzt haben wir ein anderes Ziel.«

»Es dauert noch eine Weile, bis Ihr am Meer seid«, sagte Mappó.

»Aber wir sind auf dem Weg«, antwortete Sternenmeer.

»Die Antwort eines Elben«, lächelte Frederic, nur um dann unvermittelt eine Drohung auszusprechen. »Solltet Ihr aber etwas anderes sein, als reisende Söldner zum Beispiel Ärger machen, werdet Ihr Euch wünschen, niemals nach Coucy gekommen zu sein.«

Dann rief er nach der Ordonnanz und Johann av Bardax erschien und führte sie durch das Schloss, zum Saal der Gaumenfreuden, wie er erklärte.

Johann av Bardax hatte sie gerade zu ihrem Tisch geführt, als ein Lakai den Großfürsten von Coucy ankündigte. Sofort standen alle Anwesenden im Raum auf und verbeugten sich tief in Richtung des Herrschers. Erst als dieser Platz genommen hatte, setzten sie sich wieder. Das Essen wurde serviert und jeder der Gäste wartete, bis der Großfürst bedient worden war. Erst dann fing man an zu speisen. Ares, Hideyoshi und Sternenmeer befolgten die Rituale. Sie hatten keinen Streit mit dem Fürsten und wollten durch ihr Verhalten ihre Friedfertigkeit demonstrieren.

Amüsiert beobachtete Ares, dass sein Nachbar zur Rechten immer dasselbe aß wie der Fürst. Verlangte der Fürst nach dem Brot, machte es sein Nachbar ebenso. Wollte der Fürst Wein nachgeschenkt haben, schenkte er sich auch Wein nach.

Als Ares' Nachbar bemerkte, dass er von Ares beobachtet wurde, verbeugte er sich sofort und stellte sich vor: »Giuseppe de Zafon.«

»Ganglerie aus Avernes«, antwortete Ares, sich ebenfalls verbeugend.

»Aus Avernes? Von diesem Land habe ich leider noch nichts gehört. Könnt Ihr mir bitte sagen, wo es liegt und welchen edlen Rang Ihr dort bekleidet?«, erkundigte sich Giuseppe interessiert.

»Avernes liegt weit im Norden. Dort bin ich ein einfacher Baron und hätte es niemals zu träumen gewagt, jemals in so erlesener Runde zu speisen. Der Fürst ist wirklich sehr großzügig.«

»Der Großfürst ist immer großzügig«, antwortete Giuseppe voller Inbrunst. »Einen Toast auf den Großfürsten.«

Alle Anwesenden im Raum standen auf und tranken auf den Fürsten, der den Grund der Huldigung nicht mitbekommen hatte, sich aber freute, dass man auf sein Wohl anstieß.

Als sie sich wieder gesetzt hatten, fuhr Giuseppe fort: »Auch seine Tochter hat die Großzügigkeit ihres Vaters geerbt und die Schönheit ihrer Mutter.«

»Das ist wohl wahr«, erwiderte Ares, der sich nun fragte, wer von den hässlichen und dicken Damen in der Nähe des Fürsten wohl die Tochter war. Jede von ihnen sah aus, als wäre sie seine Großmutter. Gerade wollte er eine entsprechende Frage stellen, als man erneut auf den Fürsten anstieß. Ein weiteres Mal standen alle auf, tranken auf dessen Wohl und setzten sich wieder. Ein Blick in das grinsende Gesicht von Hideyoshi genügte Ares, um zu wissen, dass ein anstrengender Abend bevorstand. Seine beiden Freunde würden sich einen Spaß daraus machen, die Gesellschaft immer wieder aufstehen zu lassen, um auf das Wohl des Fürsten zu trinken.

Ares wandte sich gerade wieder seinem Essen zu, da fuhr Giuseppe im Plauderton fort »Was der Großfürst alles erreicht hat, ist kaum zu glauben. Er ist im Volk beliebt, weise, gerecht und vor allem immer wieder voller neuer guter Einfälle.«

Ares nickte zustimmend. Wenn Giuseppe den Großfürsten loben wollte, sollte er es tun. Er wollte nur in Ruhe essen und ließ seinen Nachbarn die Konversation machen. Er brummte hin und wieder zustimmend, hörte aber nur halb zu.

Als Erstes stellte de Zafon ihm die anderen am Tisch vor. Da waren der Baron Savoy, der Priester Aphophis, die Fürstin von Navora und weitere Personen, die Ares sich nicht merkte. Giuseppe war froh, einen so geduldigen und höflichen Zuhörer gefunden zu haben. Endlich konnte er sich mit jemandem unterhalten, der ihm nicht ständig ins Wort fiel oder meinte, ihn verbessern zu müssen. Er fasste Vertrauen zu Ares und stellte dann die Frage, die alle in Coucy bewegte: »Habt Ihr Euch schon einmal überlegt, wie die Götter die Opfergaben annehmen?«

Ares hatte nur mit halbem Ohr zugehört und sagte: »Ich kann Euch im Moment nicht ganz folgen?«

»Die Frage ist auch nicht einfach«, antwortete Giuseppe. »Wir opfern den Göttern einen Menschen, ein frisch vermähltes Paar oder einfach nur einen Stier.«

Ares nickte reflexhaft, Sternenmeer inszenierte einen Toast auf den Fürsten, und als sie sich wieder gesetzt hatten, fuhr Giuseppe fort: »Wir verbrennen das Herz des Opfers und der Rauch, wenn wir mal von der klassischen Version des Opferns ausgehen, steigt nach oben zu den Göttern. Aber dies ist einfach nur Rauch, so wie wir ihn jeden Winter in unseren Kaminen ezeugen. Nun drängt sich einem doch die Frage auf, woher die Götter den Unterschied erkennen sollen, ob es sich um ein einfaches Feuer handelt oder um eine Opfergabe für sie.«

Ares war erschüttert über so viel Dummheit. »Ich dachte«, murmelte er, um nichts Beleidigendes zu sagen, »dies hängt mit der Seele und den Ritualen zusammen.«

»Auf den Einwand habe ich gewartet.« Giuseppe war in seinem Element. »Also bei einem Menschen stimme ich Euch zu, aber bei einem Stieropfer oder noch schlimmer einem Sklaven oder einer Sklavin? Da eine Seele zu vermuten, ist Blasphemie.«

»Ihr seht mich sprachlos.«

»Wusste ich es doch, und deswegen ist unser Herrscher auch so besorgt. Was nützen die schönsten Opfer, wenn die Götter sie nicht erkennen?«

»Einen Toast auf den Fürsten«, flüsterte Ares, mehr wollte er nicht sagen.

»Einen Toast auf den Großfürsten«, rief Giuseppe enthusiastisch.

Die Runde stand auf und prostete dem Fürsten zu. Ares war entsetzt. Wohin war er nur geraten? Am liebsten hätte er den Platz mit Sternenmeer getauscht, der sich köstlich mit der Fürstin von Navora amüsierte.

Bevor noch eine peinliche Pause entstehen konnte, näherten sich Schritte. Mappó kam zu ihrem Tisch, sah Ares' Gesichtsausdruck und konnte diesen deuten.

»Ich sehe, Herr Graf«, begrüßte sie der Elb, »sie haben unserem Gast schon die Frage gestellt, die uns alle bewegt.«

»Jeder kennt Eure Einstellung«, antwortete Giuseppe hämisch. »Aber ich bin froh, dass unser edler Fürst die Sache anders sieht. Es ist immer gut, seine Freunde zu kennen.«

»Die Opferungen beleidigen jeden Gott, selbst die Götter des Chaos«, fluchte Mappó und verschwand.

»Der Elb und sein Freund, der Herzog«, erklärte Giuseppe nach dem Abgang von Mappó, »sind gegen die Opferungen. Aber unser weiser Magier Asrael konnte mit Hilfe der schönen Tochter des Fürsten unseren edlen Herrscher davon überzeugen, wieder den Göttern zu opfern. So wie wir es jahrhundertelang getan haben. Dadurch hat Coucy wieder seine alte Macht und Größe erlangt.«

Ares überlegte ernsthaft, sein Messer zu nehmen und Giuseppe zu opfern – der nicht mitbekam, wie es in seinen Tischnachbarn arbeitete und fortfuhr: »Wie wichtig die Frage mit den Opferungen ist, erkennt man, wenn eine Schlacht bevorsteht. Auf welcher Seite greifen die Götter eher ein? Welcher Seite schenken sie den Sieg? Selbstverständlich der, die ihnen die größten Opfer bringt. Doch wie stellt man sicher, dass die Götter das Opfer erkennen?«

»Die Götter, die ich anbete, sind so schlau und wissen das«, spottete Ares. Giuseppe verzog das Gesicht. »So ähnlich hat das auch der Vorgänger von Asrael gesagt. Er war der irrigen Auffassung, man bräuchte keine Opferungen. Er fragte, warum wir diese Sitte wieder einführen sollten. Barbarisch nannte er sie sogar. Doch dank Asrael und der schönen Tochter des Fürsten opfern wir wieder.«

Ares konnte darauf nichts antworten, allein der Gedanke an Menschenopfer verursachte ihm Übelkeit. Er wollte gerade eine entsprechende Bemerkung machen, als er die Stille bemerkte. Ein hagerer und hochgewachsener Mann war in den Saal getreten, den nur die boshafte Glut in seinen Augen von einer langweiligen Person unterschied. Alle Blicke richteten sich auf den Hageren, manche voller Angst, manche voller Bewunderung. Der Hagere schien seinen Auftritt zu genießen. Ein kurzer Blick genügte Ares, um zu wissen, was für einen Menschen er vor sich hatte. Unwillkürlich musste er an einen Jüngling denken, der alles tat, um böse zu sein – ohne Kenntnisse vom Bösen zu haben.

»Nein«, flüsterte Giuseppe Ares aufgeregt ins Ohr. »Ihr habt heute Glück. Ich weiß nicht, wann ich ihn das letzte Mal gesehen habe. Denn das ist unser hoher Magier Asrael.«

»Weiser Magier.« Henric von Coucy stand auf und ging dem Zauberer entgegen. »Was führt Euch zu uns? Bitte, nehmt Platz und speist mit uns.«

»Ich bitte höflichst um eine Audienz, Euer Durchlaucht.« Asrael verbeugte sich.

»Wann immer Euch beliebt.«

»Am liebsten gleich«, entgegnete Asrael. Er warf einem Blick auf Hideyoshi und Ares. »Es wäre auch gut, wenn unsere beiden neuen Gäste dabei wären.«

Ares verzog keine Miene. Der Magier hatte nur von zwei neuen Gästen gesprochen, dabei Hideyoshi und ihn angesehen. Sternenmeer schien er aus irgendeinem Grund nicht wahrzunehmen. Lag dies an der Fürstin, die neben dem Elben saß? Sicher, so eng wie sie beieinander waren, konnte man sie für ein Paar halten. Auch konnten sie die Augen und Hände nicht voneinander lassen. Aber Sternenmeer deswegen gleich ganz zu ignorieren? Langsam stand er mit Hideyoshi auf und folgte dem Fürsten und dem Magier. Sternenmeer bekam das Verschwinden seiner Freunde erst mit, als die beiden den Saal verlassen hatten. Aber es störte ihn nicht. Im Gegenteil, er hatte einen wunderschönen Ersatz gefunden. Und das Lächeln von Carmen, der Fürstin von Navora, fand er auch hundert Mal attraktiver als das von Hideyoshi.

Ares war froh, dass nicht Johann av Bardax sie durch das Schloss führte. Denn diesmal ging es ohne Umwege direkt zu den Gemächern von Asrael. Je näher sie den Räumlichkeiten des Magiers kamen, umso nervöser wurde der Großfürst. Er blickte sich hektisch um, wirkte fahrig und strahlte Unruhe aus. Als Ares einen Blick zu Hideyoshi warf, lächelte dieser ihn nur an. Ihm war das unsichere Verhalten auch aufgefallen. In den Gemächern des Magiers versuchte der Großfürst krampfhaft ein Gespräch in Gang zu bringen. Doch keiner der anderen ließ sich darauf ein. Ares und Hideyoshi studierten erst einmal in Ruhe die Regale des Raumes. Asrael ließ ihnen die Zeit, die sie benötigten.
In manchen der Regale stapelten sich die Totenschädel von verschiedensten Lebewesen. In anderen waren die unterschiedlichsten Bücher und Folianten untergebracht, in lebenden Sprachen und Sprachen, die nicht mehr gesprochen wurden. Ares sah mit Flüssigkeiten gefüllte Gläser, in denen die absonderlichsten Tiere aufbewahrt wurden. All dies wäre für ihn sicherlich beeindruckend gewesen, doch kannte er das Haus von Werdandi und die Halle von Baldur. Wieder drängte sich ihm der Vergleich mit dem Jungen auf, der keine Ahnung vom Bösen hatte. Denn hier entzog sich nichts dem Blick des Betrachters. Es gab kein Artefakt, von dem einem schlecht wurde. Ares ging ganz nah an die verschiedensten Objekte heran, berührte diese, ohne dass er die geringste Unruhe spürte. Er wusste, dass Werdandi eine herzensgute Frau war, doch war sie viel weiter in die Geheimnisse der Magie vorgedrungen, als es Asrael jemals schaffen würde. Auch vermisste er die geheimnisvolle Aura, die in Werdandis Haus geherrscht hatte. Als er alles betrachtet hatte, was er sehen wollte, drehte er sich langsam zu Asrael um.
»Ein Ork«, begann der Magier. »Ich hätte niemals gedacht, dass ich das Glück haben würde, einen der wahren Urorks zu sehen.«
»Habt Ihr etwa den edlen Großfürsten von Coucy nur von der Tafel weg-

geholt, um ihm zu sagen, dass ein Ork unter seinen Gästen ist?«, fragte Hideyoshi, während der Fürst noch nervöser wurde.

»Nein, gewiss nicht. Mich interessiert, was einen Menschen und einen Ork zusammengeführt hat. Vor allem einen der wahren Orks, die sich angeblich nicht in fremde Dienste stellen.«

»Das Schicksal«, erklärte Ares, der es nicht für nötig hielt, dem Magier den Grund für seine Freundschaft mit Hideyoshi zu erklären. »Man sagt auch von Elben, dass sie nur ihrem König dienen. Trotzdem ist Mappó in Euren Diensten.«

Asrael betrachtete sie eingehend. Gelassen ließen Hideyoshi und Ares die Musterung über sich ergehen.

»Und Ihr seid in Coucy, weil …?«, fragte Großfürst Henric und Ares hatte das Gefühl, das er nur etwas sagte, um die Stille zu vertreiben, die ihn sichtlich nervös machte.

»Wir wollen nur an das Meer«, antwortete Ares. »Mein Orkfreund hat es noch nie gesehen. Das ist sehr bedauerlich.«

Henric schaute die beiden leicht verwundert an, während Asrael die Stirn in Falten legte. Ares spürte, dass der Magier etwas von ihnen wollte, aber noch nicht bereit war, darüber zu sprechen. Er war dabei, sich ein Bild von ihnen zu machen.

»Und was wäre, wenn sich eine Armee Euch in den Weg stellte?«, fragte Asrael. Doch die Blicke, die ihm Ares und Hideyoshi zuwarfen, ließen den Zauberer verstummen.

»In Ordnung, Ihr könnt gehen«, entließ der Magier sie dann.

Sich leicht verbeugend, verabschiedeten sich Ares und Hideyoshi.

»Wir hätten im Wald bleiben sollen«, erklärte Ares Hideyoshi auf ihrem Rückweg zum Saal.

»Wegen Henric oder wegen Asrael?«, fragte Hideyoshi.

»Wegen uns. Es ist kein Zufall, dass wir in Coucy sind. Ich kann mir nicht vorstellen, dass ER nicht wusste, was in Coucy und in den umliegenden Wäldern passiert. Wir sollten sofort die Pferde satteln und verschwinden. Ich habe keine Lust, für Baldur zu arbeiten.«

»Wenn die Stadt untergehen soll, geht sie unter, ob mit oder ohne uns. Hålmavik wäre früher oder später auch abgebrannt, die Häuser standen einfach zu dicht. Da genügte der kleinste Funke.«

»Das stimmt, nur wird uns hier wieder deutlich vor Augen geführt werden, dass wir keinen dunklen Herrscher brauchen. Dass wir das alles viel besser können als ER. Deswegen will ich weg. Ich brauche noch ein paar Illusionen.«

»Wenn es nicht Coucy ist, ist es eine andere Stadt, in der uns unsere Ohnmacht aufgezeigt wird. Also können wir genauso gut bleiben. Selbst wenn wir SEINE Arbeit verrichten.«

Sie hatten die Tür zum Saal der Gaumenfreuden erreicht.

»Also ich werde da nicht noch mal reingehen«, erklärte Ares. »Ich verziehe mich lieber mit einer Amphore guten Weines oder einem netten Krug Bier auf unsere Zimmer. Denn wenn ich diesem Giuseppe noch mal begegne, werde ich ihn sofort den Göttern opfern.«

Hideyoshi lachte. »Das Bier ist eine hervorragende Idee. Auch denke ich, dass unser Elbenfreund zurzeit nicht gestört werden will.«

»Hübsch war sie ja«, bemerkte Ares auf ihrem Weg zum Gasthaus.

»Menschen, Elben, was für einen Geschmack habt ihr eigentlich?« Hideyoshi spielte den Empörten. »Sie hatte ein viel zu weiches Gesicht.«

»Was willst du haben? Ein zwei Meter großes Schlachtross mit einer Schulterbreite von einem Meter achtzig und dem Gesicht von einer Mauer?«

»Wäre doch mal etwas anderes.«

»Hideyoshi, du siehst mich entsetzt.«

Beide lachten.

Als sie am nächsten Morgen beim Frühstück saßen, betrat Frederic von Coucy ihre Zimmerflucht. »Es tut mir leid, dass ich euch beim Essen störe. Doch mittlerweile haben sich Dinge ereignet, die ich gerne mit euch besprechen würde.«

»Was ist geschehen?«, wollte Ares wissen.

»Eine feindliche Armee sammelt sich vor unseren Toren und ist dabei, einen Belagerungsring um die Stadt zu ziehen. Ihr gehört zu den Letzten, die in die Stadt kamen«, erklärte Frederic.

»Das ist schlecht, ich will zum Meer«, antwortete Hideyoshi.

»Daraus wird fürs Erste nichts. Ist euch mittlerweile wieder eingefallen, was ihr auf dem Weg hierher gesehen habt?«

Doch alle drei schüttelten nur den Kopf.

»Leider können wir nur uns wiederholen«, erklärte Ares.

Frederic lächelte. »Schade, aber mit einer anderen Antwort habe ich auch nicht gerechnet.« Dann wandte er sich zur Tür, dort drehte er sich noch einmal kurz um und sagte: »Asrael war übrigens sehr beeindruckt von unseren beiden neuen Gästen.« Er bemerkte den verwunderten Blick, den sie sich zuwarfen. »Ich sehe, ihr habt verstanden. Er sprach von zwei Gästen, nicht von dreien. Ich sollte noch erwähnen, dass Asrael immer gut über alles informiert ist, was in unserer Stadt vorgeht.« Dann verließ er das Zimmer.

»Interessantes Gespräch«, bemerkte Ares.

»Vor allem, was er nicht gesagt hat«, warf Sternenmeer ein.

»Du gehst also auch davon aus«, fragte Hideyoshi, »dass Asrael uns diesen Komfort im Gasthaus zukommen lässt?«

»Auf jeden Fall«, erklärte der Elb. »Er wird euch beide gespürt haben, als wir auf die Stadt zuritten, vielleicht auch schon früher. Als Magier ist es ein Leichtes für ihn gewesen, den Wachen zu befehlen, uns in die Stadt zu lassen und diese Räume für uns zu reservieren.«

»Jetzt stellt sich nur die Frage, was dieser Asrael von Ares und mir will und wieso er dich nicht wahrnimmt?«, entgegnete Hideyoshi.

»Vielleicht liegt es daran«, mutmaßte der Elb, »weil ich bisher nur einen Magoog getötet habe. Ihr dagegen …«

»Du warst aber genauso bei IHM wie wir«, widersprach Ares. »Somit dürfte es egal sein, wie viele Magoogs du getötet hast.«

»Vielleicht passt es auch nicht in seine Vorstellung von Elben, uns als böse zu sehen.«

Kopfschüttelnd wechselte Ares das Thema. »Das andere Heer ist auf keinen Fall schon kampfbereit oder hat die Stadt schon vollständig umzingelt. Ich schlage vor, jeder von uns schlendert durch die Stadt, macht sich ein Bild von den Angreifern und was die Coucyaner darüber denken. Wir treffen uns heute Abend hier zum Essen.«

»Schneiden wir denn wieder einen Magoog auf?«, fragte Sternenmeer.

»Bitte?« Ares verstand die Frage nicht.

»Noch haben wir Zeit, schnell zu verschwinden. Noch dürfte es Lücken im Ring um die Stadt geben, durch die wir schlüpfen können. Trotzdem willst du bleiben. Wieso? Bist du neugierig, warum Baldur uns nach Westen geschickt hat?«

»Ja«, antwortete Ares. »Hideyoshi hat es gestern auf den Punkt gebracht. Es ist egal, wo wir uns befinden. Baldur wird uns auf jeden Fall immer wieder in Situationen bringen, in denen uns unsere Stärke nichts nützt. Also können wir auch hierbleiben. Ich gehe davon aus, dass wir für ihn irgendetwas erledigen sollen, wofür er drei Schwerter braucht. Doch eines hat er dabei nicht bedacht: Ob man eine Schlacht überlebt, ist reiner Zufall. Es ist egal, wie gut ich mit dem Schwert umgehen kann. In einer Schlacht fliegen Pfeile, Steine und andere Dinge. Sachen, die auch uns töten können. Denn unverwundbar sind wir nicht.«

»Und somit hoffst du, in der Schlacht den Tod zu finden?«, warf Hideyoshi ein. Ares nickte.

»Daraus wird aber nichts werden, mein Freund«, entgegnete Sternenmeer.

»Weil ich dir den Rücken decken werde, um mit Freude den Pfeil zu empfangen, der für dich gedacht ist.«

»Eh«, beschwerte sich Hideyoshi, »so etwas sagen normalerweise nur Orks. Und du bist kein Ork. Ich werde bei der Stadterkundung erst einmal bei diesem Spitzohr bleiben, um das noch zu klären, wer hier wem Deckung gibt.«

»Vergiss es«, bemerkte Ares, »glaubst du allen Ernstes, dass ich dir das Schlachtross von gestern Abend abgenommen habe? Du willst doch nur wissen, wo die hübsche Fürstin von gestern Abend wohnt, und sie auch mal besuchen.«

Ares verließ als Letzter das Gasthaus. Er hatte sich noch nicht für eine Richtung entschieden, als Asrael auf ihn zukam und ihn fragte, ob er sich nicht den Garten des Palastes ansehen wolle. Ahnend, dass dies nur ein Vorwand war, um mehr über ihn herauszufinden, folgte Ares dem Magier. Auf ihrem Weg zum Schloss erklärte Asrael die Gebäude und wer in ihnen wohnte. Im Garten erläuterte der Magier zunächst die Pflanzen ausführlich. Ares nickte höflich, stellte Fragen, um Interesse zu bekunden, doch vermied er es, etwas über seine Person oder die Reise zu sagen. Er wusste genau, was der Magier vorhatte. Er beschäftigte ihn zuerst mit belanglosen Dingen, um dann urplötzlich die eigentliche Frage zu stellen. Zu überrascht, um nachzudenken, antworteten die meisten dann ehrlich. Deswegen war Ares auch darauf vorbereitet, als Asrael fragte: »Wie konntet Ihr eigentlich die Angst unterdrücken, als Ihr den Magoog getötet habt?«

Ein leichtes Lächeln umspielte Ares Lippen, er hatte genau auf diese Frage gewartet. »Dies war reiner Zufall.«

»Zufall?«, wunderte sich Asrael. »Ich habe schon viel über Magoogs gelesen, bin aber, den Göttern sei Dank, bisher keinem begegnet. Ich möchte gerne wissen, wie man seine Angst so beherrschen kann?«

Ares winkte ab. »Angst ist hilfreich. Doch muss man wissen, wann man Angst haben darf und wann nicht.«

»Richtig.«

»Als ich zum ersten Mal einem Magoog sah, konnte ich mich vor Angst nicht bewegen. Doch der Magoog sah mich nicht und ich überlebte.«

»Magoogs sehen nicht im menschlichen Sinne. Selbst in der dunkelsten Nacht wissen sie, wo sich ihr Opfer befindet«, erklärte Asrael.

»Dann hatte ich Glück und war nicht das Opfer.«

Asrael wartete einen kleinen Moment, doch Ares schaute ihn nur freundlich an und schwieg.

»Ihr wollt nicht darüber reden?«, fragte der Magier nach einer Weile.

»Wundert es Euch?«

»Keineswegs, nur spüre ich förmlich, dass Ihr mehr erlebt habt, als für Euch gut ist, und ich frage mich, ob ich nicht helfen kann?«

»Ich weiß Euer Angebot wirklich zu schätzen, doch fürchte ich, mir ist nicht mehr zu helfen. Wie oft siegt man, um am Ende doch nur zu verlieren. Und manche Gegner kann man töten und merkt erst später, dass sie eine Nummer zu groß waren«, sagte Ares.

»Es betrübt mich, dies zu erfahren. Allerdings werde ich persönlich ein Auge darauf haben, dass es Euch an nichts mangelt.«

Dann wandte sich der Magier um und verschwand im Schloss. Wie schon am Abend zuvor hatte sich Asrael in der Gegenwart von Ares unwohl gefühlt. Wieso, konnte er sich nicht erklären. Gestern hatte er gedacht, dies liege an der Anwesenheit des Orks, aber heute wusste er, dass dies nicht der Fall war. Er musste sich beherrschen. Er durfte jetzt keinen Fehler machen. Dass er sich unwohl fühlte, lag sicher an den vielen Zaubern, die er gewirkt hatte. Er brauchte den Menschen und den Ork für seine Pläne. In nicht einmal zwei Tagen würde er mehr Macht haben als jeder andere Magier.

Ares blickte sich kurz im Garten um. Er wusste, dass Asraels letzter Satz auch als Drohung verstanden werden konnte. In Gedanken versunken verließ er die Anlage und ging hinab in die Stadt. Er hatte vorgehabt, sich ein Bild von der Situation zu machen, in der sich die Stadt befand, doch ständig dachte er an die Gespräche mit Asrael. Weswegen hatte er sie gestern von der Tafel weggeholt? Damit Hideyoshi und er die Räumlichkeiten eines Magiers sahen? Das glaubte er nicht. Auch heute hatte Asrael nicht viel gesagt und sich mit belanglosen Aussagen zufriedengegeben. Ares wusste, dass das Erlebte ihn verändert hatte, nicht nur der Kampf gegen die Magoogs. Bragor hatte vor seiner Abreise aus dem Kloster ein paar Andeutungen gemacht. Was wollte der Magier dann von ihnen? Hatte er mehr als den Magoog gesehen? Ares bezweifelte, dass Asrael damit etwas anfangen konnte, denn wer hatte je gegen den dunklen Lord gekämpft und überlebt? Die Situation, in der sich seine Freunde und er befanden, ging ihm nicht mehr aus dem Kopf. Wie weit reichte Baldurs Macht? War es Zufall, dass sie in diesen Krieg geraten waren, wie er die ganze Zeit behauptete? Oder gab es irgendwo einen anderen *Feisal*, der für alles verantwortlich war? Gedankenverloren lief Ares kreuz und quer durch die Stadt. Dabei achtete er nicht mehr genau darauf, wohin er ging. Die Straßen wurden schmaler, die Häuser wurden schäbiger. Als er ein Wirtshaus sah, vor dem ein paar Gestalten herumlungerten, überlegte er, ob er nicht reingehen sollte, um etwas zu trinken.

Ares wollte gerade losgehen, als ihn eine kleine Gestalt ansprach, die ihr Gesicht hinter einer Kapuze verbarg.

»Wollt Ihr eure Zukunft wissen?«, fragte sie.

»Meine Gegenwart interessiert mich mehr«, erwiderte Ares.

»Ihr scheint weit herumgekommen zu sein«, sagte die Gestalt mit weiblicher Stimme. Doch erkannte Ares nicht, zu welcher Rasse sie gehörte, ob sie ein Mensch, ein Elb oder ein Ork war. »Die wenigsten wollen ihre Gegenwart kennen lernen. Jeder glaubt, diese zu kennen. Aber kommt mit, wenn die Hälfte von dem wahr ist, was Eure Aura verspricht …«

»Ich habe mir gerade überlegt, meiner Aura ein Bier zu schenken«, Ares deutete auf die Schenke, »damit sie sich entspannt.«

Das Lachen der Gestalt war eindeutig nicht menschlich, klang weiblich, aber war es elbischen Ursprungs?

»Da drin findet Ihr nur Betrunkene, die sich prügeln wollen. Wenn Ihr dies Eurer Aura schenken wollt, bitte … Doch Ihr habt schon genug gekämpft, um an so etwas Gefallen zu finden. Zu viele Kämpfe, zu viele fruchtlose Siege. Sollte Eure Aura dagegen auch Wein mögen, hätte ich etwas für Euch.«

»Also gut, wie sieht meine Zukunft aus?«

»Nicht hier auf der Straße. Folgt mir«, sprach die Frau und verschwand in einer der schmalen Nebengassen, blickte sich kurz um und forderte ihn auf, ihr zu folgen. Sie ging auf ein schäbiges Haus zu und betrat es. Ares folgte ihr. Er hatte keine Ahnung, wer die Frau war oder was sie von ihm wollte. Aber vielleicht erfuhr er hier etwas.

Der einzige Raum des Hauses war spärlich möbliert. Obwohl es Mittag war, lag er im Dunkeln, wie in der tiefsten Nacht. Ares ahnte die Sitzgelegenheiten mehr, als dass er sie sah. Ohne Licht zu machen oder ihre Kapuze zurückzuschlagen, bat ihn die Frau, sich zu setzen. Ares hatte noch nicht richtig Platz genommen, als es noch dunkler wurde.

»Ihr irritiert mich ein wenig«, begann die Frau. »Ihr habt viel erlebt, das spüre ich. Eure Ankunft machte bereits die Runde. Ein Mensch, ein Elb und ein … hier gehen die Gerüchte auseinander, aber dies spielt ja keine Rolle, nicht wahr? Viel wichtiger ist, dass Ihr mit ganz oben verkehrt. Mit dem Großfürsten und dem Magier. Der an Euch interessiert ist, weil ihr Kreaturen getötet habt, die man nicht töten kann. Ihr habt noch viel mehr erlebt. … Je länger ich darüber nachdenke … habt Ihr etwas erlebt, was nicht sein kann. Doch ist es die einzige schlüssige Erklärung.«

»Vielleicht hilft Euch ein Schluck Wein beim Nachdenken«, erwiderte Ares.

Ein leichtes Lachen ertönte. »Ihr seid sehr menschlich.«

»Ich fände es schlimm, wenn ich es nicht wäre.«

Ares hörte, wie die Frau aufstand, zwei Gläser füllte, zurückkam und ihm eines reichte. Vorsichtig roch Ares erst einmal am Wein, bevor er einen kleinen Schluck trank. Der Wein war hervorragend, alleine deswegen war es gut, der Frau gefolgt zu sein. Er trank einen größeren Schluck. Als Ares ihr wieder seine Aufmerksamkeit schenkte, sprach sie weiter: »Ihr seht zwar aus wie ein Mensch, auch Eure Vergangenheit ist die eines Menschen, doch wäret Ihr etwas anderes, hätte ich es einfacher. Denn ich sehe Dinge in Euch, die auch der Magier erkannt hat. Er weiß, dass Ihr eine Gefahr für ihn darstellen oder ihm helfen könnt. So wie es Euch beliebt. Er wird, genau wie ich, die vielen Widersprüche in Eurer Person sehen ...«

Die Frau erzählte weiter, während Ares sich zu konzentrieren begann. Ihn störte, dass sie es so geheimnisvoll machte. Er wusste nach wie vor nicht, wer vor ihm saß. Denke immer das Undenkbare, hatte man ihm beigebracht. Es war im Raum noch dunkler geworden. Er hörte zwar die Stimme der Frau, aber sah nicht einmal mehr seine eigenen Hände oder das Weinglas, das sich irgendwo neben ihm befand. ›Aber wofür muss ich sehen, wie oft habe ich mit verbundenen Augen gekämpft? Konzentriere dich auf deine anderen Sinne, das Auge kann dich täuschen‹, sagte er sich. Also begann er zu hören, den Klang ihrer Stimme, den Hauch ihres Atems, die Geräusche, die das Haus von sich gab. Er begann zu riechen, den Geruch der Frau, ihrer Kleidung, den muffigen Geruch des alten Hauses. Plötzlich hatte er das Gefühl, als würde er nicht in einem Haus sitzen, sondern sich im Wald befinden. In dem Wald, durch den sie gekommen waren. Er roch auch keine Frau mehr, sondern frisches Moos, Bäume, spürte den Wind auf seiner Stirn. Auf einmal wusste er, wem er gegenübersaß, und erschrak.

»Ich spüre eine gewisse Unruhe in Euch«, sagte die Frau sofort.

»Mir ist gerade nur etwas eingefallen«, antwortete Ares schnell.

»Ein- oder aufgefallen?«, kam die schneidende Antwort. »Und bedenkt, eine Lüge könnte unser Verhältnis trüben.«

»Eingefallen, zu welcher Rasse Ihr gehört, und dies hat mich gewundert.«

»Gewundert?«

»Es gibt böse Gerüchte über Euer Volk.«

»Das sagt ausgerechnet jemand, der mit einem Ork durch die Welt zieht. Und dann noch mit einem Urork. Einer Spezies, die von den Vanen nur erschaffen wurde, um zu töten.«

»Das stimmt nicht.«

»Denkt Ihr?«

Doch diesmal hatte nicht mehr die Frau gesprochen, sondern die Stimme kam von einer Person rechts hinter der Frau. Ares zögerte nicht. Er hatte schon längst die Anwesenheit einer anderen Person im Raum gespürt und sein Messer flog genau in Richtung der Stimme. Laut sagte er: »Könntet Ihr jetzt etwas Licht machen? Ich kann zwar kämpfen, ohne zu sehen, es aber nicht mit den Augen von Satyren im Dunkeln aufnehmen. Und ich möchte Euch nicht aus Versehen ernstlich verletzen.«

Langsam glomm eine kleine Flamme auf, die den Raum nicht sonderlich erhellte und von draußen nicht gesehen werden konnte. Doch dieses winzige Licht reichte aus, damit Ares die beiden Satyre vor sich sehen konnte.

»Jetzt kennst du unser Geheimnis«, sagte die Frau.

»Eine Stadt ist ein ungewöhnlicher Ort für Satyre.«

»Bitte sprich das Wort nicht so oft aus, die Wände haben Ohren. Aber du hast recht, wir sind nicht freiwillig hier. Zuerst lebten wir friedlich im Wald. Halfen den Menschen, in deren Häusern ihr wart. Niemals haben wir ihnen etwas Böses getan. Doch plötzlich verschwanden die Menschen. Und die Tiere des Waldes sprachen von Tod und Verderbnis. Wir wussten nicht, was das zu bedeuten hatte. Wir sahen, wie sich Menschen mit Waffen am Rande des Waldes sammelten, viele Menschen und viele Waffen. Zunächst dachten wir, dies sei der Grund für die Flucht der Menschen. Auch fingen ein paar dieser bewaffneten Menschen andere Menschen ein, sperrten diese in Käfige mit Rädern und fuhren mit ihnen weg. Wir wollten wissen, was unseren Wald bedrohte, deswegen verfolgten wir einen Wagen. Wir kamen in die Nähe eines Dorfes, das wir immer gemieden hatten. Dort bemerkten wir einen Elben, der mit einem Ork und einem Menschen zusammen war. Das hat uns noch mehr verwirrt, denn schließlich töten Elben Orks und Orks töten Elben und Menschen töten auch gerne, doch hier war etwas anders. Dies waren viele Rätsel, die wir nicht verstanden. Weil wir spürten, dass die Lösung zu den Rätseln hier in der Stadt sein musste, beschlossen wir, in die Stadt zu gehen. Wir wollten wissen, ob unserem Wald Gefahr drohte. Wir fühlten zwar die Anwesenheit eines Magiers in der Stadt, hatten aber auch nicht vor, lange zu bleiben. Doch jetzt sind wir Gefangene der Stadt.«

»Wie kamt ihr in die Stadt?«

»Als der Elb, der Ork und der Mensch in die Stadt ritten, waren die Wachen so mit ihnen beschäftigt, dass sie auf andere nicht mehr achteten. Eine Kleinigkeit für uns, die Stadt zu betreten.«

»Und was wollt ihr jetzt?«

»Wir wollen zurück in unsere Wälder, auch wenn es ohne die Bauern schwer wird.«

»Wieso wird es für euch schwerer ohne die Menschen?«

»Wir sind Naturgeister und leben in Symbiose mit den Menschen des Waldes. Sind die Menschen gut zum Wald und pflegen ihn, helfen wir ihnen. Wir mindern Stürme, leiten bei Überschwemmungen Flüsse um. Kurz gesagt, wir machen alles, damit die Menschen sich weiter um den Wald kümmern können. Sollten die Menschen aber den Wald nicht achten, dann achten wir sie auch nicht und nehmen Rache an ihnen. Nur dadurch sind die bösen Gerüchte über uns entstanden.«

Ares schwieg. Er wusste nicht, ob die Satyre die Wahrheit sagten. Doch durch die Belagerung war es für sie so gut wie unmöglich, aus der Stadt zu kommen.

»Was immer ihr in der Stadt vorhabt, wir helfen euch«, fuhr die Frau fort, »selbst wenn ihr den Fürsten oder Herzog töten wollt. Es ist auch egal, was Ihr dafür verlangt. Doch bitte bringt uns lebend aus der Stadt.«

»Was könnt ihr mir über den Magier sagen?«, fragte Ares.

»Er ist mächtig, ohne wirklich Macht zu haben«, antwortete der Satyr. »Als ob er sich bei einer fremden, ungesunden Macht bedienen würde, die ihn letztendlich tötet.«

»Werden deswegen in Coucy Menschen geopfert, um dieser Macht zu dienen?«

»Dafür sind es zu wenige Opfer.«

»Und um Dämonen zu rufen?«

»Auch das bezweifeln wir. Dafür herrscht nicht genügend Angst in der Stadt. Dämonen wollen die Angst ihrer Opfer fühlen. Du hast ja auch erst am Wein gerochen, bevor du ihn gekostet hast.«

»Was wisst ihr noch über den Magier oder Coucy?«

»Nichts, wir halten uns lieber versteckt und hoffen, nicht entdeckt zu werden.«

Ares nickte. Er hatte zwar nicht viel erfahren, doch ahnte er langsam, was Asrael von ihnen wollte und warum Baldur sie hierher geschickt hatte. »Ich weiß nicht, ob ich euch helfen kann, schließlich sind wir genauso gefangen in der Stadt wie ihr.«

»Das seid ihr nicht. Weder die Armee noch Asrael könnten euch aufhalten, wenn ihr von hier weg wolltet.«

»Drei gegen eine Armee? Ihr schmeichelt, doch unser Bedarf an ›Heldentaten‹ ist gedeckt.«

»Denkt über unsere Bitte nach. Wir können euch helfen.«

»Das werde ich, doch ich verspreche nichts.« Damit erhob sich Ares und verließ das Haus.

Langsam ging er zu ihrem Gasthof zurück. Ares war sich sicher, dass die

Menschen aus den Wäldern von Asrael in die Stadt gelockt oder mit Gewalt abgeholt worden waren. Dies erklärte den zügigen, aber nicht überstürzten Aufbruch, das leere Dorf und die Pferde im Stall. Denn schließlich gingen die Menschen davon aus, bald in ihre Häuser zurückzukehren. Ares ging davon aus, dass all diese Menschen nicht mehr lebten. Asrael wollte die beiden Satyre in die Stadt locken und hatte deswegen die Menschen verschwinden lassen. Doch zu was brauchte ein Magier Satyre in einer Stadt? Ares ahnte, dass er die Antwort bald erhalten würde.

Den ganzen Tag war Herzog Frederic von Coucy bemüht gewesen, mit seinem Bruder, dem Großfürsten, zu sprechen. Doch der ließ ihn einfach nicht vor. Ein Affront ohnegleichen, und das in der Situation, in der sich ein feindliches Heer vor den Toren der Stadt sammelte. Es mussten Entscheidungen getroffen werden, die die Sicherheit der Stadt betrafen, doch sein Bruder sprach nicht mit ihm. Der Zauberer ging ein und aus, Höflinge erhielten eine Audienz, Kurtisanen kamen und gingen, selbst die Köche erhielten Zutritt zum Großfürsten, nur der eigene Bruder wurde nicht vorgelassen.
Am späten Nachmittag überlegte Frederic, sich gewaltsam Zutritt zu verschaffen. Wenn sie nicht bald handelten, würde der Angreifer die Initiative übernehmen. Dann konnten sie nur noch reagieren, nicht mehr agieren. Noch konnten sie einen Ausfall wagen, den Aufbau des Feindes stören und sich einen strategischen Vorteil verschaffen, aber das musste jetzt geschehen. Morgen würde es zu spät sein. Frederic wollte gerade nach seiner Garde rufen, als ihn sein Bruder zu sich rief. Sofort eilte Frederic los, bemüht, seinen Groll zu unterdrücken und einen freundlichen Ton anzuschlagen. Doch als er den Thronsaal betrat, erlebte er den nächsten Schock. Sein Bruder hielt gerade ein Festgelage, der größte Teil der Anwesenden war betrunken oder berauscht. Dass dieser Giuseppe de Zafon nichts mehr mitbekam, störte Frederic nicht. Doch dass sein Bruder, halb benommen, die Finger nicht von einer Kurtisane lassen konnte, entsetzte ihn. Es galt, die Verteidigung der Stadt zu organisieren. Der Herzog riss sich zusammen, er musste ruhig bleiben.
»Mein Fürst«, begann er, »wir müssen wegen der Belagerung jetzt die notwendigen Schritte unternehmen. Mit Eurer gütigen Erlaubnis werde ich alles Notwendige …«
»Mein lieber Bruder«, unterbrach ihn der Großfürst mit schwerer Zunge, »wie immer hast du recht. Doch bitte bedenke, auf dem Schlachtfeld alleine wird der Sieg nicht errungen. Wir brauchen auch den Beistand der Götter.«
»Daran zweifele ich keine Sekunde«, presste Frederic mühsam beherrscht

zwischen den Zähnen hervor, »nur müssen wir erst einmal die Schlacht gewinnen.«

»Wie recht du hast, doch warten wir noch.« Gelangweilt blickte Henric seinen Bruder an. Dann beschäftigte er sich wieder mit der Frau, die mit offenem Mieder neben ihm saß, und ignorierte seinen Bruder.

»Wir können nicht mehr warten«, unterbrach ihn Frederic aufgebracht, »jetzt können wir einen Ausfall wagen. Der Feind ist noch unorganisiert, er hat noch keine Kriegsmaschinen aufgestellt. Er bereitet die Belagerung erst noch vor. Wir können mit geringen eigenen Verlusten dem Feind schwer schaden.«

Traurig schüttelte der Fürst den Kopf. Warum sah sein Bruder nicht ein, dass er im Moment eine wichtige Aufgabe zu erledigen hatte? Die Angreifer konnten warten. Doch er liebte seinen Bruder und wollte ihm helfen. »Die Götter werden das anders sehen. Wir haben ihnen noch nicht geopfert. Deswegen müssen wir noch warten. Denn was zurzeit wie ein leichter Sieg aussieht, kann sich schnell zur schweren Niederlage entwickeln. Ohne die Hilfe der Götter werden wir niemals siegen. Lass uns noch warten, morgen Abend gibt es eine besondere Konstellation der Sterne. So hat es mir Asrael versichert. Dich wird es freuen zu erfahren, dass keine Bewohner von Coucy geopfert werden, sondern dass wir etwas ganz Besonderes den Göttern schenken werden. Deswegen werden wir die Opferung abwarten und dann angreifen.«

»Der Feind ist morgen früh zum Angriff bereit.«

»Dein Glaube ist so schwach, doch ich habe mich entschieden, dass wir warten. Du hast meine Erlaubnis dich zu entfernen.«

»Ihr seid wie immer gütig und weise, mein Fürst.« Frederic musste raus. Er konnte nicht glauben, was er gehört hatte. War dies noch sein Bruder? Er stürzte aus dem Thronsaal. Der Feind hatte morgen früh seine Truppen in Stellung gebracht und würde dann angreifen – und was taten sie? Warten, bis dieser Zauberer mit seinem Hokuspokus fertig war. Ein Ausfall wäre dann nicht mehr möglich. Sie mussten sich ganz auf die Stärke der Mauern sowie der Männer verlassen. Und all das nur, weil der Magier und seine Nichte mal wieder opfern wollten. Es wurde Zeit, Asrael die Grenzen zu zeigen.

3. Abendessen

ach dem Frühstück spazierten Sternenmeer und Hideyoshi durch die Stadt. Sie hofften, auf eine der Wehrmauern zu gelangen, um herauszufinden, in welcher Lage sich die Stadt befand.

»Ich hätte niemals gedacht«, sagte Sternenmeer, »dass ich mal mit einem Ork gemütlich durch eine Stadt spazieren würde, ohne dass es mich in den Fingern juckt, diesen zu töten.«

»Wenn du auf einen anderen Ork triffst«, erwiderte Hideyoshi, »habe ein Schwert in der Hand. Das kann dein Leben retten.«

»Irgendwie schade, vor allem wenn ich an unsere Vergangenheit denke. Auch die Feiern zur Vereinigung zwischen Ork und Elb sollen ein fantastisches Erlebnis gewesen sein. Und jetzt …?«

»… seid ihr unsere Todfeinde. Es käme nicht mal mehr zur Vereinigung, weil sich die Gäste schon vorher an die Kehle gehen würden. Die Menschen nennen so etwas Hochzeit. Dabei haben auch wir Gedichte geschrieben, Lieder komponiert und Instrumente gespielt. Mehr noch, einer Legende zufolge haben wir eigene Instrumente entwickelt und diese mit den Instrumenten der Elben kombiniert. Es soll eine wunderbare Musik entstanden sein.«

»Ich weiß. Wenn das alles hier vorbei ist, sollten wir uns mal um unsere Geschichte kümmern und alte Legenden zusammentragen.«

»Kann ich Euch dabei behilflich sein?«, sprach sie eine Stimme an, die sofort wieder verstummte. Hideyoshi und Sternenmeer hatten ihre Schwerter gezogen und dem Sprecher an die Kehle gehalten.

»Aphophis«, sagte Hideyoshi, nachdem er den alten Priester erkannt hatte, der beim Bankett an ihrem Tisch gesessen hatte.

Sie senkten ihre Schwerter, hielten sie aber noch in der Hand.

»Genau«, bestätigte Aphophis, »ich sah Asrael vor Eurem Gasthaus stehen, deswegen bin ich Euch ein kleines Stück gefolgt. Ich muss mit Euch sprechen, ohne dass fremde Ohren zuhören.«

»Was ist denn so wichtig?«, wollte Hideyoshi wissen.

»Bitte, nicht hier auf der Straße. Mein Haus ist nicht weit, dort haben wir weniger Zuhörer«, antwortete Aphophis.

Hideyoshi und Sternenmeer warfen sich einen kurzen Blick zu und folgten dann dem Priester.

Kaum hatte Aphophis aber die Haustür geöffnet, da hielt ihm Hideyoshi ein Messer an die Kehle und Sternenmeer sprang mit einem Satz und gezogenem Schwert in die Mitte des Raumes. Er blickte sich kurz um, verschwand, erschien kurze Zeit später und gab Hideyoshi ein Zeichen, dass alles in Ordnung war.

»Ihr seid sehr vorsichtig«, sagte Aphophis, als sie sein Haus betraten.

»Besser vorsichtig als tot«, erklärte Sternenmeer.

»Es ist doch merkwürdig«, fügte Hideyoshi hinzu, »wir sind in einer uns völlig unbekannten Stadt, und nach nur wenigen Stunden verkehren wir schon in den höchsten Kreisen.«

»Sicher, dies ist alles etwas verwirrend, aber bitte setzt Euch«, sagte Aphophis und deutete auf eine Bank hinter einem Tisch. »Kann ich Euch sonst noch etwas anbieten?«, fragte er, während er eine Karaffe Wasser und Wein servierte.

Sternenmeer und Hideyoshi verneinten.

»Als Erstes muss ich Euch bitten«, begann Aphophis, »niemandem außer Eurem Freund von diesem Gespräch zu erzählen. Wir alle würden nicht mehr lange leben, wenn herauskommt, was ich Euch jetzt erzähle …«

»In Ordnung«, erwiderte Sternenmeer.

»Es fällt mir schwer, es zu sagen«, sprach Aphophis weiter, »aber ich muss Euch vor Asrael warnen. Ich weiß, dass er ein falsches Spiel treibt.«

»Wie kommt Ihr darauf?«, fragte Hideyoshi mit leicht ironischem Unterton. Er wusste, dass man weder Asrael noch Aphophis trauen konnte.

»Ich kenne Asrael. Ich habe ihn aufwachsen sehen und erlebt, wie er sich verändert hat. Ich muss noch erwähnen, dass Asraels Familie seit Generationen unseren Herrschern treu dient und somit jedes Misstrauen gegen ihn Hochverrat gleicht. Dies ist ein Grund für meine Geheimnistuerei, der andere ist Asrael selbst.«

Aphophis machte eine kleine Pause und trank einen Schluck Wein, bevor er fortfuhr: »In seinen jungen Jahren war Asrael ein fleißiger und talentierter Schüler der Zauberei. Dass er nicht viel redete und ein wenig eigensinnig war, störte keinen. Nachdem er seine Ausbildung erfolgreich abgeschlossen hatte, half Asrael seinem Vater noch ein paar Jahre als Magier und eignete sich großes Wissen an. Doch eines Tages verschwand er spurlos. Er hinterließ einen kurzen Brief, in dem stand, dass er seine Studien an anderer Stelle fortsetzen werde. Man solle sich keine Gedanken machen, er sei in zwei Jahren wieder zurück. Worin diese Studien bestanden, konnte keiner sagen, denn er wusste schon damals mehr als sein Vater. Auch hatte er niemandem von diesen Plänen erzählt, weder seinem Vater noch einem seiner wenigen Freunde. Aus den zwei Jahren wurden vier Jahre, dann kehrte Asrael zurück. Doch wie hatte er sich verändert!

Er war mächtig geworden, viel mächtiger als sein Vater. Eingeweiht in die Geheimnisse der schwärzesten Magie. Seitdem verbreitet er alleine durch seine Anwesenheit Angst und Schrecken. Bis heute wagte keiner ihn zu fragen, was und wo er in den vier Jahren studiert hatte, auch ich nicht. Viel zu groß war die Angst vor einem noch gewaltigeren Schrecken. Sein Vater starb kurze Zeit später, woran, weiß niemand. Asrael gewann schnell das Vertrauen des Fürsten und stellte seine Widersacher kalt. Entweder indem er sie töten ließ oder verbannte.«

Aphophis machte eine Pause und trank erneut.

»Und jetzt braucht Ihr ein Messer, das das Problem löst«, fragte Hideyoshi in die Stille.

»Wenn es doch so einfach wäre. Asrael hat etwas vor, auch wenn ich noch nicht weiß, was es ist. Er hat noch nie Rücksicht auf andere genommen. Die Opferungen sind hier ein gutes Beispiel. Zuerst verschwanden Vagabunden, dann wurden immer weniger Bauern in den Wäldern östlich von hier gesehen, bis zum Schluss Menschen aus anderen Städten verschwanden.«

»Die anderen Städte werden ihre Bürger schützen«, warf Hideyoshi ein.

»Genau das weiß Asrael auch. Ich habe die Banner und Fahnen der Belagerer gesehen, es sind die der umliegenden Städte. Ich gehe davon aus, dass er die Belagerung in seinen Plan einkalkuliert hatte. Dass er sie zu irgendetwas braucht, aber wozu?«

»Zu welchem Zauber braucht man eine Belagerung?«, fragte Sternenmeer.

»Wie kommt Ihr darauf, dass er es für einen Zauber braucht?« Die Stimme von Aphophis klang plötzlich zittrig.

»Er ist Magier, und wie ihr sagtet ein schwarzer Magier. Also wird er diese Belagerung für einen Zauber brauchen.«

»Ihr solltet Euch den Rest des Tages am besten mit Opferungen beschäftigen«, schlug Hideyoshi dem Priester vor. »Bald werden Menschen zu Hunderten sterben. Was sind die Voraussetzungen für eine Opferung? Muss das Opfer an einem bestimmten Platz geopfert werden oder reicht es aus, wenn der Magier Rituale vollzieht und an anderer Stelle die Opfer sterben? Ach, und vor allem: Kann man auf diese Art Dämonen rufen und wenn ja, welche?«

Aphophis saß bleich und mit offenem Mund vor Hideyoshi und Sternenmeer.

»Wenn Ihr das herausgefunden habt, kommt wieder zu uns«, sagte Sternenmeer freundlich. »Und wie Ihr schon sagtet, es ist nicht gut, wenn zu viele von dem Gespräch wissen.«

Danach verließen sie einen sehr nachdenklichen Priester, der sich sofort an die Arbeit machte.

Es dämmerte bereits, als Frederic endlich den Zauberer fand, der wie üblich in Eile war. Doch darauf nahm er keine Rücksicht.

»Was für einen Schwachsinn habt Ihr meinem Bruder erzählt?«, fuhr er den Magier an.

»Bitte, bitte, mein lieber Herzog, beruhigt Euch!« Asrael war wie immer sehr höflich und nahm sich augenblicklich Zeit für ihn.

»Ich soll mich beruhigen? Ihr denkt doch gar nicht an die Stadt, sondern nur an Euch«, brüllte Frederic.

»Meine Sorge gilt der Stadt. Wenn ich wüsste, dass Eure Idee eines Ausfalles auch nur die geringe Aussicht auf Erfolg hätte, würde ich in der ersten Reihe reiten.«

»Ihr macht Euch lustig über mich.«

»Nein, wirklich nicht.«

»Ich glaube Euch kein Wort.«

»Ich stehe Euch Rede und Antwort, wann immer Ihr wollt.«

»Dann jetzt. Was spricht gegen einen augenblicklichen Ausfall? Der Feind hat sein Heer noch nicht richtig in Stellung gebracht. Wir können seine Formationen ohne große eigene Verluste zerstören. Ihn auf jeden Fall so weit in die Defensive treiben, dass jeder weitere Angriff für ihn zu einem unkalkulierbaren Risiko wird.«

»Ahhh, die Sprache des Krieges. Bitte verzeiht, wenn ich diese nicht so gut beherrsche wie Ihr. Aber ist Euch aufgefallen, dass Ihr zuerst sagtet, dass ihr den Feind zerstören wollt. Und nicht einmal einen Satz später redet Ihr davon, ihn nur noch in die Defensive zu drängen, ihn nicht mehr zu zerstören. Wie immer Ihr dieses Zerstören auch gemeint habt.«

»Dreht mir die Worte nicht im Mund herum.«

»Nein, mein Herzog, ich höre Euch nur genau zu. Eure Taktik ist ein schneller Angriff, damit sich der Feind nicht weiter formieren kann, Teile seines Belagerungsringes zu sprengen und dann ein schneller Rückzug wieder hinter die schützenden Stadtmauern. Habe ich das richtig verstanden?«

»Immerhin benutzt Ihr die richtigen Worte«, spottete der Herzog.

»Ich gehe mal davon aus, dass dies ein ›Ja‹ ist und ich recht habe. Wer sagt Euch aber, dass der Feind nicht genau darauf wartet?«

»Glaubt Ihr, ich kenne die Männer nicht, die ich rausschicke, und die Geschwindigkeit ihrer Pferde?«

»Und genauso gut kennt Ihr die Männer des Feindes und die Geschwindigkeit ihrer Pferde?«

Das Gespräch nahm eine Wendung, die dem Herzog gar nicht gefiel.

»Das ist ein militärisches Manöver, ein Risiko ist immer dabei.«

»Nur, das Risiko, dass der Feind die offenen Stadttore als Einladung auffasst und uns hier besucht, bin ich nicht bereit zu tragen. Wer sagt Euch denn, dass nicht das der Plan des Feindes ist? Seine schnellsten Leute hält er zurzeit versteckt. Wir machen unseren Ausfall und werden in Gefechte verwickelt, während er mit seinen besten Leuten auf eines unserer Tore stürmt und es besetzt. Wer sagt Euch, dass der Feind uns nicht nur Schwäche vorspielt, obwohl er stark ist? Nein, lieber Herzog, das Risiko ist mir zu groß. Und diese Bedenken habe ich Eurem Bruder, unserem allseits geliebten Großfürsten, vorgetragen.«

»Und morgen Abend ist so ein merkwürdiges magisches Dingsda und Ihr pustet den Feind weg.«

»An sich müsste ich Euch jetzt böse sein. Doch ich weiß, dass nur die Sorge um die Stadt Euch um den Schlaf bringt und Ihr deswegen solche Aussagen macht. Morgen Abend werden wir eine Opferung vollziehen, um die Götter gnädig zu stimmen. Das wird Eure Taktik, die Ihr dann wählt, zum Erfolg führen.«

»Und was ist, wenn die Angreifer uns morgen überrennen?«

»Muss ich Euch jetzt über den Mut unserer Männer aufklären, oder über militärische Taktik?«

Wutentbrannt rannte Frederic davon. Wieder hatte es der Zauberer geschafft, ihn wie einen dummen Jungen aussehen zu lassen. Wie gut, dass kein anderer in der Nähe gewesen war. Sicher, sein Angriff konnte auch schiefgehen und die Bedenken des Zauberers waren gerechtfertigt, doch Zögern und Warten würden unweigerlich den Untergang bedeuten. Und dass Menschenopfer nichts brachten, war jedem klar. Nur leider nicht dem Fürsten und dem Zauberer.

Frederic brauchte schnell einen Plan, irgendeinen. Er fürchtete, dass der Feind spätestens am kommenden Morgen angreifen würde und sie nur diese Nacht für einen Ausfall hatten. Doch musste er vorsichtig sein, er durfte sich nicht offen gegen seinen Bruder stellen. Das wäre für die Verteidigung der Stadt eine Katastrophe. Eine Idee begann sich abzuzeichnen. Sein Bruder war zurzeit entweder total betrunken oder er lag in den Armen von irgendwelchen Kurtisanen. Er würde also erst zu spät bemerken, dass sein Bruder eigene Pläne verfolgte. Frederic brauchte jetzt nur noch einen triftigen Grund, mit Truppen die Stadt zu verlassen. Und im gleichen Moment hatte er auch schon die Lösung. Bei einer Verfolgung von Spionen konnte es schon passieren, dass man die Stadt verlassen musste und dabei *zufällig* auf den Feind traf. Für so eine Aufgabe kam nur seine Garde in Frage. Auch wusste der Herzog schon, wer die Spione waren. Schließlich waren diese noch nicht lange in der Stadt und niemand würde sie vermissen. Vor allem konnte er so dem Zauberer zeigen, wer das Sagen in Coucy hatte. Dass seine schützende Hand nichts bedeutete. Er beeilte sich, in sein Zimmer zu kommen, und rief nach seinem Adjutanten.

Auf seinem Weg zurück zur Herberge überdachte Ares die Situation, in der sie und Coucy sich befanden. Er konnte sich nicht vorstellen, dass der Herzog erst heute früh von der Belagerung erfahren hatte. Eine sich nähernde Armee wurde von guten Spähern tagelang vorher ausgemacht. Das gestrige Gespräch zwischen dem Großfürsten und Asrael hatte sicher davon gehandelt. Ares ging davon aus, dass Asrael jeden seiner Schritte geplant hatte, dass er die Belagerung brauchte, um sein Ziel zu erreichen. Doch was war das Ziel des Magiers? Es würde eine Schlacht geben, eine gewaltige Schlacht, eine, die Baldur erfreuen würde. Ares wusste, dass er ein Teil der Schlacht sein würde. ›Doch was hat man von einer Schlacht außer Toten?‹, fragte er sich. ›Wofür braucht ein Magier so viele tote Menschen?‹

Als er in die Nähe ihrer Herberge kam, sah Ares, wie eine Gestalt verzweifelt bemüht war, sich im Schatten zu halten, um von niemandem gesehen zu werden. Die dabei aber so auffällig war, als würde sie eine Fackel bei hellem Sonnenschein tragen.

»Ihr solltet leiser atmen, Asrael«, sprach Ares die Gestalt an. »Sonst klappt das mit dem Überfall nicht.«

»Glaubt Ihr wirklich, ich wolle Euch überfallen? Was hättet Ihr denn, was mir nützen würde?«, entgegnete der Zauberer, der sich wieder unwohl zu fühlen begann. Doch er durfte sich jetzt nicht von seinen Gefühlen leiten lassen. Zu viel stand auf dem Spiel.

»Meine Seele zum Beispiel«, scherzte Ares, der von Asraels Problemen nichts mitbekam.

»Das ist das Letzte, was ich von Euch haben will!« Das Entsetzen des Magiers war nicht gespielt. »Hättet Ihr gesagt, Euren Schwertarm oder auch Euren toten Körper, ja, aber Eure Seele? Die besser nicht. Aber deswegen stehe ich nicht hier. Ich wollte Euch vielmehr fragen, ob Ihr Lust habt, mit mir heute Abend zu speisen.«

Dankend nahm Ares die Einladung an. Er hoffte endlich zu erfahren, was der Magier von ihnen wollte. Zunächst nahm Asrael den gleichen Weg wie am Morgen, doch dann betrat er das Schloss durch einen kleinen, kaum zu entdeckenden Nebeneingang, den nicht viele kannten. Am Anfang unterschieden sich die Gänge, durch die sie liefen, nicht von den anderen Gängen im Schloss. Bilder hingen an den Wänden und Büsten standen in Nischen, die Wände waren verputzt. Doch schon nach kurzer Zeit wurde der Putz immer unansehnlicher, bis er schließlich ganz verschwand und das rohe Mauerwerk zu sehen war. Die Bilder und Büsten, anfangs noch kunstvoll gearbeitet, waren erst einfacher gestaltet, um dann immer bedrohlichere Figuren darzustellen. Auch kam es Ares so vor, als würden sich die Wesen, die dargestellt wurden, am liebsten auf ihn stürzen, um ihn zu töten, dann aber von irgendetwas zurückgehalten werden. Auf den Bildern und Gobelins waren keine Jagdszenen mehr zu sehen, sondern bizarr anmutende Wesen, die Ares an Dämonen erinnerten. Alle hatten zu viele Klauen, Zähne und Arme. Ares fragte sich, ob der Zauberer die Hälfte von diesen Kreaturen überhaupt schon einmal gesehen hatte. Waren auf einem Bild mal Menschen oder Elben zu sehen, wurden sie auf das Grausamste gefoltert. Alles war so realistisch gezeichnet, dass bei Ares der Eindruck entstand, die Dämonen würden ihm gegenüber stehen oder er wäre bei der Folterung dabei. Ares war sicher, dass der Großfürst diesen Teil des Schlosses nicht kannte. Vor dem Bild eines riesigen Frosches mit einem Raubtiergebiss blieb Ares stehen: »Welcher Froschlurch ist denn das?«

»Dies ist ein Sedlama. Er ist auch als Comp'ao oder Abzagor bekannt. Ein Dämon, der zu seinen Anhängern erst freundlich ist, bis sie ihm Vertrauen schenken, um dann ihre Körper und Seelen zu verspeisen«, erklärte Asrael.

»Und der Tintenfisch daneben?«, fragte Ares neugierig.

»Dies ist kein Tintenfisch.« Ares spürte förmlich das Entsetzen in der Stimme von Asrael. »Das ist ein Asahi oder auch Romfa. Wieso fragt Ihr?«

»Nur so! Doch wollten wir nicht essen? Mein Spaziergang hat mir Appetit gemacht.«

Asrael erwiderte nichts darauf, sondern blickte Ares nur an, als versuche er, in dessen Gedanken einzudringen. Dann schüttelte er kurz den Kopf und ging wortlos weiter. Er führte Ares in einen Raum, in dem für zwei Personen gedeckt war. Das Zimmer wirkte freundlich, war geschmackvoll eingerichtet. Auf den Bildern waren wieder die gewöhnlichen Jagdszenen zu sehen und keine Dämonen. Ein Diener füllte sofort Wein in die Kelche, kaum dass sie sich an den Tisch gesetzt hatten.

»Wir können hier offen reden«, begann Asrael die Konversation. »Der Diener ist taub.«

»Eine sinnvolle Vorsichtsmaßnahme«, erwiderte Ares. »Nur solltet Ihr wissen, dass Blinde ihre Augen nicht brauchen, um zu sehen, und Taube ihre Ohren nicht, um zu hören.« Dann nahm er einen Teller, lud ihn mit Essen voll, griff nach einer Karaffe Wein und reichte alles dem Diener. »Hier nimm, iss dich satt und amüsiere dich, am besten mit deinem Mädchen, oder kaufe dir eines, hier hast du Geld. Falls du noch etwas essen möchtest, klopf einfach an. Es ist genug da«, sagte Ares.

Zuerst blickte der Diener Ares entsetzt an, doch dann verließ er schnell den Raum.

Asrael erbleichte. »Aber ich habe ihn doch selbst …«

»Zum einen waren meine Gesten eindeutig«, erklärte Ares. »Zum anderen bewegen wir unsere Lippen beim Sprechen. Für jedes Wort dieselbe Lippenbewegung. Es genügen die Lippenbewegungen, um einem Gespräch zu folgen.«

»Das heißt, die ganze Stadt weiß, was ich hier bespreche?«

»Das bezweifele ich. Euer Diener hat Verstand, er hatte sofort begriffen, dass sein Geheimnis keines mehr ist. Er wird niemals freiwillig etwas sagen. Aber unter Folter …?«

»Das wird ein interessanter Abend«, log Asrael freundlich, der sich immer unbehaglicher fühlte. Zuerst hatte er gedacht, der Mensch und der Ork seien von den Göttern der Unterwelt gesandt worden, um ihm zu helfen. Doch mittlerweile war er sich nicht mehr sicher. Mit beiden zusammen zu sein, war unerträglich. Er hatte gehofft, dass er sich nicht so unwohl fühlen würde, wenn er mit dem Menschen allein war, in seinen eigenen Räumlichkeiten. Heute Morgen hatte er noch gedacht, dass es an den vielen Zaubern lag, die er gewirkt hatte. Doch das stimmte nicht. Er fühlte die Präsenz von einer Macht, die ihn erschaudern lies. Er durfte nicht die geringste Schwäche zeigen. Er musste die Initiative ergreifen. Am besten, wenn Ares abgelenkt war, also tat er, als würde er essen, während er Ares dabei die ganze Zeit beobachtete.

»Wie war das, als Ihr das erste Mal den Magoog saht, welchen Schmerz hat er in Euch ausgelöst«, fragte Asrael unvermittelt während des Essens.

»Am meisten haben mir meine beiden Unterarme wehgetan«, antwortete Ares wahrheitsgemäß.

»Die Unterarme?«, staunte der Magier. Spielte Ares mit ihm?

»Ja, ich war in einem Wald unterwegs, fiel über eine Wurzel und konnte den Sturz gerade so mit meinen Unterarmen abfangen.«

»Seid froh, dass Ihr im Wald wart. Sonst säßen wir jetzt nicht zusammen. Durch das viele Leben in einem Wald wird er Euch nicht bemerkt haben«, erklärte Asrael, der unsicher war, was er von der Antwort halten sollte.

»Nein, ich war unwichtig für ihn. Kein Jäger lässt sich so eine Beute entgehen, es sei denn, er hat eine andere, eine lohnendere.«

»Was für eine?«

»Ich kann nur mutmaßen. Erst recht bei einem Tier wie dem Magoog.«

»Nenn den Magoog nicht nur Tier, es ist ein Dämon«, entgegnete Asrael, der die Richtung des Gespräches bestimmen wollte.

»Ja, ich weiß, mit Herz, Lunge, Nieren und anderen Organen«, entgegnete Ares ruhig.

»Das kann nicht sein!«

»Stimmt aber, ich habe zwei aufgeschnitten. An diesen Magoogs ist nichts Dämonisches dran. Vom Aussehen einmal abgesehen.«

Schnell trank Asrael einen Schluck Wein. Erneut hatte dieser Mensch ihn aus dem Konzept gebracht. Das durfte nicht noch mal passieren.

»Wer zieht den Nutzen aus den Opferungen?«, fragte Ares, während der Magier noch trank. »Die bisher geopferten Bauern hatten nicht viel Geld. An ihrem Tod verdient keiner. Wenn Ihr aber anfangt, Adelige zu opfern, beginnt das Machtgefüge der Stadt zu wanken. Ihr erreicht dadurch nur Chaos.«

Ares nahm keine Rücksicht auf die Etikette. Asrael war verantwortlich für den Tod von vielen unschuldigen Menschen. Was waren ein paar Worte gegen diese Taten von Asrael?

Aber der nahm ihm die Offenheit nicht übel. Er freute sich. Ares zeigte Gefühl und wurde dadurch angreifbar. Deswegen antwortete er freundlich: »Wir müssen die Götter gnädig stimmen. Ohne Menschenopfer werden die Angreifer unsere Stadt niederbrennen.«

Ares konnte es nicht fassen: Der Zauberer glaubte an das, was er sagte.

»Dann frage ich anders: Hat ein Menschenopfer jemals etwas gebracht?«

»Ja«, antwortete Asrael, endlich konnte er das Thema bestimmen. »Ich habe vor Kurzem einen jungen Mann geopfert, weil ich Unterstützung bei einer schweren Aufgabe brauche. Und keine Woche später reiten ein Mensch und ein Ork in die Stadt.«

Ares staunte. Asrael sah Sternenmeer nach wie vor nicht. Aber wieso? Hatte er eine andere Wahrnehmung?

»Bei welcher Aufgabe können Euch denn ein Mensch und ein Ork helfen?«

Doch Asrael war noch nicht bereit, seine Karten auf den Tisch zu legen.

»Wo habt Ihr den Asahi gesehen?«

»Ich habe niemals gesagt, dass ich einen Asahi gesehen habe. Was ist ein Asahi?« Ares wunderte sich über den Magier.

»Der Tintenfisch. Macht mir nichts vor, ihr habt mindestens die Hälfte der

Dämonen, die im Gang ausgestellt sind, schon gesehen. Ihr wart viel zu ruhig dort. Ich kenne keinen Menschen, der so ruhig vor einem Bild von einem Asahi steht. Vor allem keinem magischen Bild, das den Asahi lebendig erscheinen lässt.«

»In einem Wald.«

»Das ist ungewöhnlich. Normalerweise halten sie sich in den Bergen auf. Außerdem sind Asahis sehr aggressiv. Sie greifen alles und jeden an. Übrigens seid Ihr der Einzige, der so einen Angriff überlebt hat.«

»Bei was können Euch zwei Söldner helfen?«

»Ihr seid keine gewöhnlichen Söldner. Mit jedem Eurer Worte bestätigt Ihr mir das. Ihr seid viel mehr. Das ist jedem klar, der Euch sieht.«

»Bei was?«

»Morgen Nacht herrscht eine besondere magische Konstellation der Sterne. Nur in dieser Nacht kann ich einen bestimmten hilfreichen Geist beschwören, um die Stadt zu retten. Viele Magier vor mir scheiterten an dem Zauber, weil sie sich zu wenig um den eigenen Schutz kümmerten. Viele denken, der Geist sei durch die Beschwörung geschwächt und könne nicht angreifen. Dies stimmt nicht. Der Magier ist geschwächt, nicht der Geist. Ich brauche Euch als Schutz. Ich brauche jemanden, der den Geist tötet, sollte er wider Erwarten feindlich gesinnt sein. Doch daran glaube ich nicht. Wenn ihr mir helft, werdet Ihr es nicht bereuen.«

»Was für einen Dämon wollt Ihr rufen?«

»Sprecht nicht von einem Dämon, es ist ein hilfreicher Geist.« Asrael liebte das Spiel mit den Worten. Bisher hat er damit alle täuschen können.

»Spielt nicht mit Worten«, fuhr Ares den Magier böse an. »Ich war in einem Eurer Zimmer, und glaubt nicht, ich wüsste nicht, mit was Ihr Euch beschäftigt. Den Großfürsten und den Herzog könnt Ihr vielleicht täuschen, aber glaubt Ihr wirklich, ich würde nur einen Finger rühren, wenn ich mich nicht auf morgen Abend vorbereiten kann? Also was für einen Dämon?«

Und endlich begriff Asrael, warum er sich in der Gegenwart von dem Menschen immer unwohl fühlte. Weshalb es besser war, jetzt die Wahrheit zu sagen. Denn kaum war Ares böse geworden, ging eine Dunkelheit von ihm aus, die der Magier nicht einmal bei Dämonen gesehen hatte. Es war eine Dunkelheit, die nicht die Abwesenheit von Licht bedeutete, sondern die Abwesenheit von Leben und Liebe. Es war eine Dunkelheit, die Tod und Auslöschung bedeutete. Selbst die Kerzen verbreiteten keine Helligkeit mehr, sondern nur noch Schatten, die große und bedrohliche Formen im Raum annahmen. Doch das Schlimmste für Asrael war, dass Ares keinen Zauber dafür brauchte, um die Dunkelheit heraufzubeschwören. Ares war ärgerlich und es wurde dunkel, als ob dies zu ihm gehörte, wie sein Arm oder sein Bein.

»Ich wollte Euch nicht verärgern«, erklärte Asrael entschuldigend, und wie er erwartete hatte, verschwand die Dunkelheit, als Ares sich beruhigte. »Es ist ein Obadja, den ich rufen will.«

»Einen Obadja ruft man nicht so einfach. Und Ihr macht euch keine Vorstellung von den Problemen, die Ihr haben werdet, wenn er tatsächlich erscheint.« Sofort fiel Ares die Geschichte von diesem Opheliawesen ein.

»Ihr glaubt ja nicht, wie recht ihr habt«, bestätigte Asrael, der genau wusste, dass er nun seine Geschichte erzählen musste, wenn Ares ihm helfen sollte. »Und Ihr habt recht, es ist ein Dämon. Vor langer Zeit, als ich noch nicht so viel wusste wie heute, wollte ich schon einmal einen Obadja rufen. Dafür suchte ich mir eine kleine Insel aus, auf der so ein Dämon nicht viel Schaden anrichten kann, so dachte ich. Es war ein Leichtes für mich, ein paar Piraten anzuheuern, die ein Kaufmannsschiff aufbrachten und ein junges Mädchen entführten, damit ich es dem Obadja opfern konnte. Doch es kam anders, als ich es geplant hatte.

Zunächst lief alles glatt. Ich wartete auf einer Insel, zu der die Piraten ein hübsches Mädchen brachten, mit dem ich lieber etwas anderes angestellt hätte, als es zu opfern. Bei den Vorbereitungen zur Anrufung hielt ich mich genau an die Anweisungen. Es waren unzählige Notizen, die ich dabei hatte. Ich wusste, dass ich mir keinen Fehler erlauben durfte. Den Piraten versprach ich neben der vereinbarten Summe auch das Mädchen, damit sie den rituellen Tanz vollführten.

Dann begann ich mit der Anrufung. In der Stimmlage, die gefordert wurde, mit den Pausen an den richtigen Stellen und den rituellen Figuren, welche wir vollziehen mussten. Als der Obadja endlich erschien, wähnte ich mich am Ziel meiner Träume. Dass die Piraten ihn umringten und angafften, störte mich nicht. Es war mir sogar recht. Denn ich war erschöpft, so erschöpft wie noch nie in meinem Leben. Ich zog mich ein wenig zurück, ohne dass es auffiel. Ihr müsst wissen, dass es immer wichtig ist, einen gewissen Abstand zu Dämonen zu wahren.

Trotzdem bemerkte ich, dass etwas falsch war. Das Mädchen lebte noch, dabei hätte es durch die Figuren, die wir getanzt haben, qualvoll verenden müssen. Auch spürte ich, dass dem Obadja etwas gefolgt war. Etwas starkes, mächtiges, unsäglich Böses, das sich ausschließlich von den Seelen seiner gemarterten Opfer ernährt. Dieses Etwas hatte zwar noch keine Gestalt angenommen, würde es aber jeden Augenblick tun. Auch der Obadja spürte das fremde Etwas und er brüllte seinen Hass hinaus. Ich verstehe bis heute nicht, warum die Piraten nicht weggerannt sind bei diesem Schrei, der mir das Blut in den Adern gerinnen ließ. Doch nein, die Piraten brüllten einfach mit. Als ob dies zu unserem Ritual gehörte. Wahrscheinlich hatten sie alle durch den Tanz den Verstand verloren. Ich zog mich noch weiter zurück.« Asrael machte eine kleine Pause, trank einen Schluck Wein, bevor er fortfuhr. »Im Zuge meiner Ausbildung und meiner Arbeit habe ich schon unzählige Dämonen gesehen. Und in dem Gang, durch den wir gekommen sind, lache ich über die Kreaturen. Aber was damals erschien, jagt mir selbst hier und jetzt, in meinen eigenen Räumen, immer noch einen Schauer des Grauens über den Rücken. Wenn ich Albträume habe, träume ich von diesem Wesen, das so böse war, so schrecklich anzuschauen. Nur dank meiner Schutzzauber habe ich nicht den Verstand verloren. Der Kopf dieses Dämons stand in Flammen, seine S-förmigen Augen waren kreisförmig über dem Kopf angebracht. Ich habe lange gebraucht, um herauszufinden, was dort noch erschienen war. Aber das tut hier nichts zur Sache. Jedenfalls kämpfte der Obadja gegen dieses Wesen. Ich dachte, die Welt geht unter. Immer wieder schlug dieses Wesen auf den Obadja ein. Immer weiter drängte es ihn zurück. Um überhaupt kämpfen zu können, verleibte sich der Obadja die Seele eines Piraten nach dem anderen ein. Doch es half nichts, der Obadja wurde besiegt und getötet. Im gleichen Augenblick verschwand auch der andere Dämon. Als hätte es ihn nie gegeben. Das Letzte, was ich noch bewusst wahrnahm, war, dass der letzte noch lebende Pirat zum Mädchen ging und ihm die Fesseln löste. Danach verlor ich das Bewusstsein vor Erschöpfung. Als ich wieder zu mir kam, war ich alleine auf der Insel. Nichts deutete auf die Anwesenheit von Menschen hin. Das Mädchen war weg und auch der Pirat. Er wird mich für tot gehalten und das Mädchen in die Sklaverei verkauft haben.«

Asrael war zu Ende mit seiner Geschichte und schwieg.

»Und jetzt sollen mein Freund und ich Euch den Rücken decken?«, fragte Ares, der sich trotz der Geschichte weigerte, Ophelia als lebend zu betrachten. »Sollte der Obadja Euch angreifen, oder wieder ein Marduk erscheinen?«

Als Ares das Wort Marduk sagte, erbleichte Asrael. Doch Ares ignorierte dies, er sprach weiter: »Ich sollte Euch aber erst über Söldner aufklären. Über meinen Freund und mich besonders. Wenn der Gegner zu stark oder mächtig ist, rennen wir. Coucy, die Belagerer und auch Ihr seid uns egal. Wenn es hart auf hart kommt, sind wir weg.«

Asrael sah Ares ernst an. »Ihr habt einen Magoog, Abzagor und einen *Tintenfisch* getötet. Ihr habt auch schon einen Marduk gesehen, ohne den Ver-

stand zu verlieren. Wann ist ein Gegner zu stark und mächtig für Euch?«
Ares blickte den Zauberer genau an. War es Wahnsinn, der aus seinen Augen sprach, oder nur die Gier nach Macht?

»Aber Ihr braucht nicht zu *rennen*«, beschwichtigte ihn Asrael, der verhindern wollte, dass Ares noch einmal böse wurde, »ich weiß, welchen Fehler ich das letzte Mal gemacht habe. Einen dummer Fehler, aber verständlich. Der Obadja wird zahm sein.«

»Was war denn Euer Fehler?«

»Das Opfer! Ein besonderer Dämon braucht ein besonderes Opfer und nicht eine dahergelaufene Maid.«

»Und dieses Opfer habt Ihr?«

»Das will ich meinen, und ich rede hier nicht von der Schlacht da draußen, wobei ich die Toten auch in meine Rituale einbeziehen werde, sondern von zwei Satyren, die sich in die Stadt gewagt haben. Der Obadja wird sie zu schätzen wissen. Ihr seht, diesmal habe ich an alles gedacht.«

»Damit beginnen die meisten Fehler.«

»Deswegen brauche ich Euch und Euren Freund als zusätzliche Sicherheit.«

»Was unterscheidet die Satyre von einer Maid? Das sind doch einfach Naturgeister.«

»Ihr wisst nicht viel über Satyre?«

»Nichts.«

»Es sind weit mehr als einfache Naturgeister. Opfere ich die beiden, opfere ich dem Obadja die Natur, die sie schützen. Und hier in der Stadt kümmert sich niemand um die Natur. Wer macht sich hier schon Gedanken um zwei Satyre?«

Ares nickte. Für Asrael war es einfach. Er wollte seinen Dämon und er würde ihn bekommen. Koste es was es wolle, auch wenn dabei die ganze Stadt zugrunde ging. Ares trank noch einen Schluck Wein. Plötzlich fiel ihm das Gespräch mit den Satyren wieder ein: *Asrael ist mächtig, ohne wirklich Macht zu besitzen.* Waren etwa Dämonen die Quelle seiner Macht? War er ein Sikkut? Ein Gedanke, der Ares nicht behagte. Einer Eingebung zufolge fragte er deswegen: »Wie haltet Ihr eigentlich Eure jetzigen Dämonen bei Laune?«

»Ich kann Euch nicht ganz folgen?«

»Ihr wisst sehr gut, was ich meine.« Ares erkannte, dass er auf der richtigen Fährte war. »Die Dämonen, die Ihr jetzt schon Euer Eigen nennt. Ihr werdet ihnen einige der Bauern geopfert haben.«

»Ihr tötetet einen Asahi, einen Magoog und fragt nach einfachen Bauern?«

»Ich will nur wissen, ob Ihr wirklich an alles gedacht habt.«

»Ganz sicher, doch kommt, ich werde Euch etwas zeigen. Es wird Euch gefallen.«

Asrael stand auf und führte Ares zu einem Bild, das er zur Seite schob. Dahinter führte eine Treppe in die Tiefe. Der Magier griff nach einer Fackel und forderte Ares auf, ihm zu folgen.

»Ihr habt großes Vertrauen in mich«, sagte Ares auf dem Weg nach unten.

»Vergesst nicht, ich kenne Eure Seele.«

»Ich könnte Euch töten.«

»Sicher, das ist möglich. Aber warum solltet Ihr es jetzt tun? Wo ich Euch das größte Geheimnis der Stadt anvertraue.«

Dann stiegen sie die Treppe immer weiter hinab. Je tiefer sie kamen, umso stärker roch es nach verfaulendem Fleisch und Exkrementen. Am Ende der Treppe befand sich ein großer Kellerraum.

Rostige Fesseln waren an den Kellerwänden angebracht, in manchen hingen noch die halb verwesten Körperteile der Opfer. In der Mitte des Raumes befanden sich mehrere große Granitblöcke, geschwärzt vom getrockneten Blut der vielen Wesen, die hier gestorben waren. An einer Wand befanden sich Zellen, in denen Menschen vor sich hin vegetierten. Keiner rührte sich, jeder lag in seinen Ausscheidungen, ohne dass es ihn störte. Alle wirkten geistig abwesend und starten auf einen imaginären Punkt im Nirgendwo.

»Ich habe sie durch eine Pflanze ruhiggestellt«, erklärte Asrael, »so kann ich sie in Ruhe opfern und niemanden im Schloss stört das Geschrei.«

Ares wusste nicht, was er abscheulicher fand: die lebenden Toten von Baldur oder die von Asrael. Trotzdem nickte er ruhig.

Hier befanden sich also die Menschen aus den Wäldern. Opfer eines wahnsinnigen Magiers. Von einer Pflanze betäubt, sodass niemand von ihrem Schicksal erfuhr. Doch dann fiel Ares der Vergleich mit dem Wein ein. »Ihr habt diese Menschen doch nicht in diesem Zustand den Dämonen geopfert? Betäubt durch eine Pflanze?«

»Doch warum nicht? Den Dämonen ist das egal. Die interessieren sich nur für die Seele«, wunderte sich Asrael.

»Habt ihr daran gedacht, dass die Dämonen, die Ihr Euer Eigen nennt, die Angst der Opfer fühlen wollen? An Eurem Wein habt ihr auch erst gerochen, bevor ihr ihn getrunken habt. Woher wisst Ihr, dass es Eure Dämonen nicht genauso wollen? Erst die Angst der Opfer, als Bouquet, und dann die Seele, der Schluck des guten Weines.«

»Was? Ihr verwirrt mich.« Asrael wollte Ares nicht verstehen.

»Eure Opfer haben keine Angst, wenn Ihr sie tötet. Sie schreien nicht, sie liegen apathisch auf dem Opfertisch und machen nichts. Glaubt Ihr, das gefällt Euren Dämonen?«

Misstrauisch blickte Asrael Ares an. »Was wisst Ihr über Dämonen?«

Am liebsten hätte Ares geantwortet: Nichts! Doch er hatte sich schon zu weit vorgewagt. »Wie man sie tötet zum Beispiel. Und töten kann man nur, wenn man seinen Feind kennt.«

»Wir gehen wieder nach oben«, bestimmte Asrael verwirrt. Ares triumphierte innerlich, sein Instinkt hatte ihn nicht getrogen. Die Möglichkeit, dass die Dämonen die Angst ihrer Opfer spüren müssen, hatte der Zauberer nicht bedacht. Seine Selbstsicherheit war ins Wanken geraten.

Der Rest des Abends ging schnell zu Ende. Asrael versuchte zwar noch den Gastgeber zu spielen, doch folgten seine Gedanken nicht mehr ihrem Gespräch. Ständig kreisten sie um das, was Ares gesagt hatte. Er wollte nicht schon wieder eine Kleinigkeit übersehen haben. Ares merkte, dass es an der Zeit war zu gehen.

»Kann ich«, fragte Asrael, als Ares sich verabschiedete, »mit Eurem Schwert und dem Eures Freundes morgen Abend rechnen? Ihr werdet so viel Gold erhalten, dass Ihr Euch eine Stadt am Meer kaufen könnt.«

»Wie bereits gesagt, wir sind Söldner. Wir werden dort sein und kämpfen, wenn es verlangt wird. Doch wenn der Dämon zu mächtig ist und wir eine Chance zur Flucht haben, fliehen wir.«

Zufrieden nickte der Zauberer und Ares ging nachdenklich zurück zur Herberge.

Es dämmerte, als Hideyoshi und Sternenmeer sich auf dem Weg zu ihrem Gasthaus befanden. Hier in der Nähe des Schlosses bemerkten sie nichts von der Belagerung. Nachdem sie Aphophis verlassen hatten, waren sie weiter durch die Stadt gelaufen und hatten versucht, auf eine der Wehrmauern zu kommen, um sich einen Überblick über das feindliche Heer zu verschaffen. Doch überall wurden sie höflich, aber bestimmt abgewiesen. Sie hatten nichts anderes erwartet.

»Eine schöne und interessante Stadt«, bemerkte Sternenmeer auf ihrem Rückweg.

»Soviel ich weiß, finden Elben Wälder und nicht Städte schön, oder findest du die Stadt wegen einer Blondine schön?«, fragte Hideyoshi.

»Die Blondine heißt Carmen und ist vereint. Leider befindet sich ihr Mann seit Längerem auf einer Reise …«

Hideyoshi hob nur den Arm und Sternenmeer wurde übergangslos ernst.

»… ich dachte auch an die Geschichte von Aphophis. Erst erzählt er uns die

Geschichte von Asrael und zum Schluss hat er Angst vor der eigenen Courage und traut uns nicht mehr.«

»Aphophis ist verzweifelt auf der Suche nach Verbündeten. Er hat uns ein wenig erzählt, in der Hoffnung, dass wir ihm mehr erzählen.«

»Ich kannte die Geschichte aber schon.«

Hideyoshi warf Sternenmeer einen verwunderten Blick zu, der sofort erklärte: »Hat mir bereits Carmen erzählt.«

»Entschuldige, ich vergaß, Carmen. Was hat sie denn noch so alles erzählt? Ich meine jetzt über die Lage in der Stadt und nicht, was sie macht, wenn ihr Mann nicht anwesend ist.«

»Nur das, was uns Aphophis auch schon gesagt hat. Und dass sie vermute, dass es bald zu einem Krieg kommt. Sie hat recht behalten«, antwortete Sternenmeer. Doch fügte er sehr nachdenklich hinzu: »Da war noch etwas …«

»Mach es nicht so spannend«, erwiderte Hideyoshi ungeduldig.

»Habe ich dir schon gesagt, dass Carmen wundervoll nach Kirsche schmeckt und eine pfirsichzarte Haut hat?«

Hideyoshi starrte Sternenmeer entsetzt an, bevor er vollen Ernstes antwortete: »Ich denke, ich habe gerade herausgefunden, warum sich die Orks und die Elben verfeindet haben, *pfirsichzarte Haut*.«

Der Schrei der Frau war laut und durchdringend. Sofort verstummten Hideyoshi und Sternenmeer.

»Welch ein Zufall«, bemerkte der Elb.

»Was kann uns schon passieren?«

Langsam liefen sie in die Richtung, aus der die Schreie kamen, die immer ängstlicher klangen. Als sie in eine Gasse einbogen, sahen sie, wie zwei junge Kerle sich gerade an einer Frau vergehen wollten, die verzweifelt versuchte sich zu wehren, es aber mit der Kraft der anderen nicht aufnehmen konnte.

»Eh!«, rief Hideyoshi nur.

»Haltet euch besser hier raus«, rief ihnen einer der Kerle zurück, während es dem anderen endlich gelang, das Mieder der Frau aufzureißen.

Weder Sternenmeer noch Hideyoshi zeigten sich davon beeindruckt, sie gingen ruhig weiter und hatten schnell die Distanz überwunden. Als der eine das sah, zog er ein Kurzschwert und brüllte: »Verschwindet!«

»Steck das besser weg«, antwortete Hideyoshi gelangweilt, »sonst werde ich dir noch böse weh tun.«

»Was?!«, schrie er und griff Hideyoshi an. Der machte sich nicht mal die Mühe, eine seiner Waffen zu ziehen. Er trat nur einen kleinen Schritt zur Seite, ließ den Angreifer ins Leere laufen und schlug mit seiner Faust gegen das Kinn des anderen. Dessen Kopf schnellte ruckartig nach hinten. Ein lautes Knacken hallte durch die leere Gasse. Der andere Jüngling und die Frau waren während des Angriffes nur noch halb bei der Sache. Als sie aber sahen, wie ihr Kamerad tot zu Boden fiel, blickten sie den Ork und den Elb entsetzt an. Damit hatten sie nicht gerechnet. Hideyoshi wollte gerade »Haut ab!« sagen, als beide zu ihren Waffen griffen, um Sternenmeer und ihn anzugreifen. Auch diesmal begnügten sich Hideyoshi und Sternenmeer damit, ihre Fäuste sprechen zu lassen. Ihnen taten die beiden jetzt schon leid. Denn wie bei ihrem Freund waren sie viel zu stark und viel zu schnell für die Angreifer. Die beiden sanken gerade leblos zu Boden, als Hideyoshi und Sternenmeer hörten, wie Stiefel in eiligem Schritt auf das Pflaster knallten.

In aller Seelenruhe drehten sie sich um. Zehn Mann der Stadtwache rannten auf sie zu.

»Was ist hier los?«, brüllte der Kommandant sie an.

»Ihr habt es doch gesehen«, antwortete Hideyoshi ruhig.

»Ich habe nichts gesehen, ich sehe nur drei Tote und zwei Verdächtige, die zudem nicht aus der Stadt sind.«

Blitzschnell zog Hideyoshi seine Waffen, während Sternenmeer noch schneller mit seiner Hand nach dem Hals des Kommandanten griff und ihn zu sich heranzog. »Du bringst uns augenblicklich zu dem Idioten, der das hier eingefädelt hat!« Sternenmeers Stimme glich mehr dem Zischen eines wütenden Drachen, als der Stimme eines Elben. Ganz langsam drückte er die Kehle des Kommandanten zu. Der wollte sich wehren, doch dann sah er in die Augen des Elben und hätte am liebsten vor Entsetzen aufgeschrien, doch er konnte nicht. Der Griff um seinen Hals wurde immer fester. Auch der Rest der Wache stand starr vor Schreck und konnte sich nicht rühren. Als sie in die Gasse gelaufen waren, hatten sie einen Elben und einen Ork gesehen. Doch was ihnen jetzt gegenüberstand, wusste keiner. Jeder der Wachleute nahm nur noch die Aura der absoluten Bösartigkeit wahr, die von den beiden Gestalten ausging, die sie umstellt hatten. Als ob diese nicht von dieser Welt, sondern aus der tiefsten Hölle gekommen wären, um sich ihrer Seelen zu bemächtigen.

»Wenn du nicht sprechen kannst, weil dir die Luft wegbleibt«, verhöhnte Hideyoshi den Kommandanten, »dann hebe für ein *Ja* den rechten Arm und für ein *Nein* den Linken. Bringst du uns also zu dem, der das hier eingefädelt hat?«

Sofort flog der rechte Arm nach oben.

»Geht doch«, sagte Sternenmeer, während er angewidert den Kommandanten wie ein Spielzeug zu seiner Wache warf.

»Ihr geht vor«, befahl Hideyoshi der Wache, die rasch ihrem Kommandanten auf die Beine half. Der übernahm, kaum dass er stand, die Führung und floh mit seiner Wache in Richtung Schloss. Hideyoshi und Sternenmeer folgten ihnen. Bald war die Wache zehn Meter vor ihnen und die beiden mussten sich beeilen, um den Anschluss nicht zu verlieren. Es verwunderte sie nicht, dass sie sofort zum Herzog geführt wurden.

»Eine schlimme Sache: drei tote Bürger von Coucy«, erklärte Herzog Frederic, kaum dass Sternenmeer und Hideyoshi den Raum betreten hatten. Die Wache wartete draußen.

»Falsch«, knurrte Hideyoshi, »es ist eine schlimme Sache, uns zu verärgern. Und verärgert sind wir. Was soll dieses Schmierentheater? Warum habt Ihr uns gezwungen, drei Unschuldige zu töten? Weshalb habt Ihr nicht nach uns geschickt?«

»Ich weiß nicht, ob mir Euer Ton gefällt! Ihr redet immerhin mit dem Herzog von Coucy.«

»Oh, der Herzog.« Sternenmeers Stimme tropfte vor Hohn. »Dann, lieber Herzog, noch einmal: Warum habt Ihr uns nicht gebeten zu kommen? Glaubt Ihr wirklich, wir wären mit diesen Hampelmännern, die Ihr Wachen nennt, nicht fertig geworden? Glaubt Ihr, wir wären hier, wenn wir es nicht gewollt hätten?«

Frederic beschloss, den Spott nicht zu hören. Es störte ihn, dass er sich unwohl fühlte und Angst hatte, so ganz allein mit dem Ork und dem Elben. Zudem erschien ihm das Verhalten der Wache, seiner Garde, sonderbar. Dem Herzog war nicht entgangen, dass keiner seiner Krieger den beiden zu nahe kommen wollte. Frederic beschloss, die Taktik zu ändern, denn es schien, als hätte er erreicht, was er wollte. »Was regt Ihr Euch auf? Ihr seid Söldner, erzählt mir nicht, dass Ihr niemals in einen Dienst gepresst wurdet.«

Sternenmeer und Hideyoshi wechselten einen schnellen Blick, während Frederic fortfuhr: »Die Sache sieht folgendermaßen aus: Die Stadt wird belagert und wir werden heute Nacht noch einen Ausfall wagen. Wie Ihr wisst, kämpfen die wenigsten Menschen bei Nacht, weil wir zu wenig sehen in der Dunkelheit. Aber Ihr seht in der Nacht wie bei Tage. Wenn Ihr die Truppe führt, die den Ausfall macht, den Kriegern sagt, wann und wo sie hart zuschlagen müssen und wann die Zeit für den Rückzug in die Stadt ist, dann können wir den Feind nicht nur überraschen, sondern ihn entscheidend schwächen. Selbstverständlich werde ich Euch für Euren Dienst großzügig entlohnen und schwören, dass Ihr niemanden getötet habt. Wenn Ihr das Angebot nicht annehmt, werde ich Euch sofort als Spione hinrichten lassen. Wie entscheidet Ihr Euch?«

»Ich hoffe, dass die Pferde der Stadt mehr Hirn haben als deren Herzog«, antwortete Hideyoshi kalt, und Frederic hatte das Gefühl, die Temperatur im Raum würde abrupt sinken. Er begann zu frieren.

»Wo ist die Truppe, die wir führen sollen?«, fragte Sternenmeer.

Frederic lächelte. Die Beleidigung steckte er weg, hatte er doch längst den Befehl gegeben, die beiden zu töten.

»Ein Teil hat Euch bereits hergeleitet und wartet draußen. Sie werden Euch zu den anderen führen«, antwortete er und atmete auf, als die beiden augenblicklich den Raum verließen.

Auf ihrem Weg aus dem Schloss, zum anderen Teil der Truppe, war die Wache wieder bemüht, Sternenmeer und Hideyoshi nicht zu nahe zu kommen. Keine der anderen Wachen konnte auf die Idee kommen, dass ihre Kameraden den Ork und den Elben irgendwohin führen sollten, dafür war der Abstand zu groß.

Als sie das Schloss verlassen hatten, folgten sie zunächst den breiten Straßen, um dann in die ärmeren Viertel zu gelangen, in denen die Häuser schäbiger waren, die Straßen enger, jeder nachts die Fenster und Türen geschlossen hielt und keiner auf die Geräusche der Straße achtete. Hier musste die Wache die beiden nun näher kommen lassen, viel näher, als ihr lieb war – und genau dies wurde der Wache zum Verhängnis.

Hideyoshi und Sternenmeer brauchten weder Blickkontakt noch sonst ein Zeichen. Jeder von ihnen wusste, wann der richtige Zeitpunkt für den Angriff war. Die ersten Wachen starben so schnell, dass sie nicht einmal mitbekamen, was sie tötete. Und bevor ihre Körper sich auf der Straße zur Ruhe legten, starben die anderen. Weder Hideyoshi noch Sternenmeer ließen ihnen eine Chance, nicht mal zum Schreien.

»Wir können die Leichen hier nicht so liegen lassen«, sagte Hideyoshi anschließend.

»Zumindest sollten wir Rätsel aufgeben.«

Schnell zogen sie die Waffen der Toten und arrangierten die Leichen so, als hätten sich die Wachen gegenseitig getötet.

In der Gasse war es immer noch ruhig. Leise gingen sie in Richtung Schloss.

»Wie viele, denkst du, kennen den Plan des Herzogs?«, fragte Hideyoshi.

»Nicht viele«, antwortete Sternenmeer, »vielleicht gerade einmal der Kommandant der armen Teufel, die wir töten mussten.«

»Dann sollten wir das *Problem* Herzog lösen. Es sind schon zu viele Unschuldige gestorben.«

»Den Herzog übernehme ich«, sagte Sternenmeer. »Sieh du bitte nach Ares, da wir nicht wissen, was der Herzog mit ihm vorhat. Und ich möchte nicht, dass die Stadt deswegen in Schwierigkeiten gerät.«

Hideyoshi lachte leise und verschwand in der Dunkelheit.

Sternenmeer schlich durch die dunklen Gassen. Ihm war klar, dass er keine Schwierigkeiten haben würde, ungesehen in das Schloss einzudringen. Ein geöffnetes Fenster gewährte ihm Einlass in das Gebäude. Im Schloss verschmolz Sternenmeer mit den Schatten der Nacht, keiner sah oder hörte ihn. Einige Wachen fühlten die Anwesenheit von etwas, aber nicht einmal da waren sie sich sicher. Es war wie bei einer leichten Sommerbrise, die man erahnt, aber nicht wirklich spürt. Sternenmeer merkte davon nichts, er schlich sich schnell an den Wachen vorbei in das Zimmer des Herzogs, der in dem mit Kerzen erhellten Raum über irgendwelchen Folianten grübelte.

»Was wollt Ihr denn hier?«, rief der Herzog erschrocken aus, als er seinen Gast bemerkte, und erbleichte. Sternenmeer antwortete nicht, sondern ging langsam auf Frederic zu. Je näher der Elb kam, umso mehr bekam es der Herzog mit der Angst zu tun. Es war nicht, weil Sternenmeer besonders brutal oder mordlustig blickte. Der Herzog wäre auch damit fertig geworden, dass sie beide alleine im Raum waren. Dass die Kerzen kein Licht und keine Wärme mehr spendeten, sondern aufschrien, als würden sie gefoltert werden, bekam der Herzog nicht mit. Was ihn im Tiefsten seiner Seele erschreckte, war das absolut Böse, das von dem Elben ausging. Frederic kam es so vor, als würden die Schatten des Raumes nach seiner Seele greifen, um sie gierig zu verschlingen. Und mit jedem Schritt, den der Elb auf ihn zukam, wurde es dunkler im Raum. Schlagartig wurde das Haar des Herzogs weiß. Er wollte einen Schritt zurückgehen, doch er konnte seine Beine nicht bewegen. Angst, die sich zu einer Panik steigerte, lähmte jede seiner Bewegungen. Für Frederic war dies kein Elb mehr, sondern ein Monster, die Ausgeburt seiner schwärzesten Albträume.

Dann stand dieses *Monster* direkt vor ihm. Kurz erinnerte sich Frederic daran, wie er dieses *Monster* gemeinsam mit der Großgräfin Carmen de Compostela von Navora gesehen hatte, doch der Gedanke verschwand noch schneller, als er gekommen war.

»Ein Schrei von mir und sofort weiß das ganze Schloss, dass Ihr hier seid«, wisperte der Herzog schließlich.

»Dazu müsst Ihr aber erst mal schreien können«, kam die Antwort von diesem *Monster*. Frederic spürte, wie etwas Eiskaltes seine Hände umfasste, in diese einen metallenen Gegenstand legte und diesen dann gegen ihn richtete. ›Ein Messer‹, wisperte etwas im Kopf von Frederic.

»Was wollt Ihr?« Die Stimme des Herzogs war kaum noch zu hören. Die Dunkelheit umgab sie jetzt vollkommen.

»Das ist doch offensichtlich«, sagte das *Monster*. »Ihr wolltet uns als Marionetten in Eurem Spiel einsetzen. Und jetzt bezahlt Ihr dafür«, erklärte das *Monster* und stieß das Messer tief in das Herz von Frederic, Herzog von Coucy.

Anschließend verschmolz der Elb wieder mit den Schatten des Schlosses und verschwand genauso lautlos und von niemandem bemerkt, wie er gekommen war.

4. König von Mälar

as Feuer hatte ganze Arbeit geleistet. Von den Häusern standen nur noch Ruinen. Fliegen umschwärmten die Toten, gestört von den Aasfressern, die sich an ihnen satt fraßen. Ratten huschten umher. Bragor beobachtete eine Krähe, wie sie ihren spitzen Schnabel in die leere Augenhöhle eines Toten steckte, einen Brocken Fleisch herausriss und mit blutverschmiertem Kopf davonflog, um ihre Beute an einer anderen Stelle zu verzehren.

»Das sieht mir nicht nach der Armee aus«, sagte Bragor, »die vor Wochen hier entlanggezogen ist.«

»Das war sie nicht«, entgegnete Nara und deutete auf das viele Blut, das den Boden dunkelrot verfärbte. »Vor einem Tag wurden die Menschen getötet. Auf keinen Fall früher.«

»Die Armee überlebt, um dann kurze Zeit später so zu sterben.«

»Wir sollten vorsichtig sein«, warnte Soga, »wer das hier getan hat, kann noch in der Nähe sein.«

Bragor nickte und ritt langsam weiter durch das zerstörte Dorf. »Können dies unsere *Freunde* von gestern gewesen sein?«

Gestern hatten sie Spuren von Orks gesehen, die hier lang gezogen waren. Von niederen Orks, wie Nara betont hatte.

»Unwahrscheinlich«, antwortete Soga, »auch wenn die niederen Orks gerne Dörfer von Menschen plündern. Doch unsere *Freunde* waren dies nicht!«

Er ritt zu einer verkohlten Leiche, die mit ausgestreckten Armen an einer rußgeschwärzten Hauswand hing. Soga deutete auf die Arme. Bragor erkannte die Nägel, die man durch die Unterarme getrieben hatte, damit der Mensch an der Häuserwand hängen blieb.

»Dies zeigt uns deutlich, dass Menschen die Angreifer waren«, erklärte er. »Nur Menschen foltern und schänden auf dem Schlachtfeld. Auch wenn die anderen Rassen genauso viel Spaß am Foltern haben. Doch Menschen sind die einzige Rasse, die es während der Schlacht tun. So wie bei dem armen Teufel hier. Erst wurde er an die Wand genagelt, gefoltert und zum Schluss musste er noch zusehen, wie man das Haus angezündet hat. Wie sich das Feuer langsam auf ihn zu bewegte und er nicht weg konnte. Erleben, dass der Tod nicht die Erlösung ist, die er während der Folter herbeigesehnt hatte. Elben und Orks gewinnen erst die Schlacht und führen die Überlebenden dann zu einem anderen Platz, an dem sie mit den Gefangenen ihren Spaß haben.«

Bragor nickte. »Lasst uns weiterreiten. Wir haben noch einen weiten Weg vor uns. Und dass wir alle Gehilfen des dunklen Lords sind, ist nichts Neues. Ich kann nur hoffen, dass die Angreifer des Dorfes uns keine Schwierigkeiten machen.« Dann ließ er sein Pferd antraben und ritt aus dem Dorf hinaus, weiter nach Westen. Nara und Soga folgten ihm schweigend.

Seit sie vor zwei Tagen den Fluss überquert hatten, säumten Tote ihren Weg. Opfer der Armee, vor der sie Venusleuchten gewarnt hatte. Doch das war damals gewesen, vor langer Zeit. Die Armee war weitergezogen, nur noch die Kadaver im Zustand fortschreitender Verwesung zeigten den Weg, den sie einst genommen hatte. Den gleichen Weg, den Bragor mit Soga und Nara nahm. Nach Westen zur Hafenstadt Zarza. Bragor hoffte, dort ein Boot zu finden, das sie nach Åsgard brachte. Er wusste, dass sie sich beeilen mussten. ›Dein Vater liegt im Sterben!‹ Die Worte von Shûkyô hatten sich in sein Gedächtnis eingebrannt. Zu viele konnten Anspruch auf den Thron erheben. Zu viele, die nicht wussten, was er wusste. Was er auf der Reise erlebt hatte und so wichtig für die Zukunft von Åsgard war. Shûkyô hatte zwar behauptet, dass kein Zweifel an seiner Krönung bestand, doch dazu musste er erst einmal auf Åsgard sein. Wer würde König werden, wenn sein Vater tot war und er als verschollen galt? Wie lange würde der Rat mit der Krönung warten? Oder würde der Rat nicht sofort nach dem Ableben des jetzigen Königs einen neuen wählen? Bragor ließ sein Pferd schneller laufen. Er hatte keine Zeit zu verlieren.

Am späten Nachmittag sahen sie die nächsten Kadaver. Bragor wollte schon achtlos an ihnen vorbeireiten, doch dann hielt er an. Er stieg von seinem Pferd und betrachtete die Toten genauer, ohne sagen zu können, weshalb. An den Knochen war kaum noch Fleisch, die Köpfe lagen ein wenig abseits und waren skelettiert. Selbst Maden oder Fliegen ließen sich nicht mehr sehen. Etwas störte Bragor an den Toten.

»Was entdeckt?«, fragte Soga, neben ihn tretend.

»Die gefallen mir nicht«, antwortete Bragor nachdenklich. Es waren drei Kadaver, drei weitere, die es nicht geschafft hatten. Drei von Hunderten auf dem Weg, den sie zurückgelegt hatten.

»Die sehen noch gut aus, wenn ich mir überlege, wie lange sie hier schon liegen«, bemerkte der Ork.

Bragor schaute sich die Toten genauer an. »Man hat ihnen die Hände gefesselt und dann die Köpfe abgeschlagen. Nichts Ungewöhnliches, wenn sie feige waren oder die Disziplin nicht hielten …«

Weiter kam er nicht. Ein kleiner Windstoß wehte einen Stofffetzen zur Seite. Schlagartig erbleichte Bragor, machte zwei Schritte zurück und sprang auf sein Pferd.

»Weg, sofort weg!«, rief er und war schon auf dem Weg nach Norden, ihre ursprüngliche Route verlassend. Nara und Soga waren von dieser Aktion völlig überrascht, reagierten ein wenig später, dann stürmten sie augenblicklich hinter Bragor her.

»Herzog Sunzi«, rief Soga, »was ist los? Was hat dich erschreckt?«

Bragor riss sich zusammen und zügelte sein Pferd. Er hatte sich albern benommen, doch was er gesehen hatte, hatte ihn zutiefst erschüttert. Die Orks kamen an seine Seite.

»Was hast du gesehen, mein Herzog?«, fragte Soga besorgt.

Als Bragor sah, dass beide ihre Schwerter gezogen hatten, um ihn gegen einen Feind zu verteidigen, wurde ihm die Absurdität der Situation bewusst.

»Ich habe einen Feind gesehen, vor dem ihr mich nicht beschützen könnt«, erklärte er, nachdem er tief Luft geholt hatte. »Einen heimtückischen Feind. Habt ihr schon die Begriffe Schwarzer Tod oder Pest gehört?«

Die Orks verneinten.

»Der Schwarze Tod oder auch Pest genannt ist eine tödliche Krankheit. Bitte fragt nicht, warum sie gefährlich ist. Ein Merkmal des Schwarzen Todes ist, dass sich bei den Erkrankten dunkle Beulen in der Leistengegend bilden, die nach einiger Zeit aufplatzen. Der von der Krankheit Befallene stirbt kurze Zeit später unter großen Schmerzen.«

»Aber keiner der Toten hatte so eine Beule«, wunderte sich Nara.

»Dafür die Ratten, die noch nicht verwest waren und bei den Leichen herumlagen«, erklärte Bragor. »In der Armee, die vor Wochen hier lang zog, ist die Pest ausgebrochen. So etwas kann passieren. Doch seit Tagen folgen wir der Spur der Armee und somit dem Schwarzen Tod.«

»Darum bist du so schnell davon geritten. Um die Spur zu verlassen. Was weißt du noch über den Schwarzen Tod?«

»Ich habe einen Bericht über die Schlacht von Elvas gelesen. Bei der Belagerung brach die Krankheit bei den Angreifern aus. Doch anstatt die Verstorbenen zu verbrennen oder die Belagerung abzubrechen, legten sie die Leichen auf ihre Katapulte und schossen diese in die Stadt. Es dauerte nicht lange und Elvas war nicht mehr in der Lage, sich zu verteidigen. Die Angreifer konnten ohne große Verluste die Mauern stürmen und glaubten, reiche Beute gemacht zu haben. Doch bevor sie sich noch richtig über ihren

Sieg freuen konnten, war über die Hälfte von ihnen erkrankt und starb. Der Bericht endet damit, dass von den Angreifern und den Bewohnern von Elvas: insgesamt nur zehn überlebten. Nur zehn von zehntausend, die alleine in Elvas gewohnt hatten.«

Die Orks blickten sich kurz an, dann sagte Nara: »Gegen so etwas können wir dich leider nicht schützen.«

Bragor nickte. »Lasst uns ein Stück weiter nach Norden reiten. Und dann wieder in westliche Richtung. Ich hoffe, der Abstand reicht dann aus.«

Sie ritten bis zum Sonnenuntergang weiter nach Norden, wandten sich dann nach Westen und erst als die Sterne hervorkamen suchten sie einen Platz für die Nacht.

Während des Essens fragte Soga: Wwas ich aber bei den Toten von heute Mittag nicht verstehe: Für mich sah es so aus, als hätte man den Toten die Köpfe abgeschlagen. Wieso hat man dies gemacht? Wenn die Krankheit so gefährlich ist, wieso schlägt man ihnen die Köpfe ab? Wieso lässt man die Leichen liegen?«

Bragor wollte gerade antworten, dass die Armee vielleicht nicht gewusst hatte, dass die Pest ausgebrochen war. Doch im selben Augenblick wurde ihm klar, dass dies nur die halbe Wahrheit war. Man hatte sie getötet, weil es am einfachsten war. Ob man erkannt hatte, dass sie krank waren, spielte keine Rolle.

Bragor fielen auch die anderen Toten ein, die sie gesehen hatten. All die vielen toten Menschen, Elben, Zwerge oder Orks, die man verbrannt, gesteinigt oder einfach nur gehängt hatte. Sie waren durch Dörfer und kleinere Städte geritten und überall herrschte Hass und Gewalt. Als ob sich jeder mit jedem im Krieg befand. Was war los? Unwillkürlich musste er an König Sternenglanz und den Rat der Elben denken.

»Herzog Sunzi? Alles in Ordnung?«, fragte Soga besorgt, denn seit der Frage starrte Bragor nur noch vor sich hin.

»Man hat die Kranken getötet, weil man nicht nachgedacht hat«, antwortete Bragor, dessen Gedanken sich um das Erlebte drehten.

»Können wir dir beim Denken helfen, mein Herzog?«, erkundigte sich Nara. »Wir sind zwar bessere Kämpfer als Denker. Aber Hideyoshi hat immer gesagt: Wenn du eine schwierige Frage hast, stelle sie einem Kind. Meistens kennt es die Antwort.«

»Dazu braucht man aber erst einmal eine Frage, und die habe ich nicht. Ich weiß nur, dass die Toten mir etwas sagen wollen. Ich weiß nur nicht was.«

»Hatte es etwas mit ihrer Kleidung, den Waffen oder der Art, wie sie dalagen, zu tun?«

Bragor schüttelte den Kopf. »Nichts von alldem. Es sind auch nicht nur die drei Toten von eben, sondern alle Toten, die wir gesehen haben. Doch das werde ich heute nicht mehr herausfinden. Gute Nacht.«

Dann legte er sich hin und versuchte zu schlafen. Doch der Schlaf mied ihn diese Nacht. Die Toten gingen ihm nicht mehr aus dem Kopf. Er hatte das Gefühl, als hätte er etwas Wichtiges übersehen. Etwas, was nicht nur für den Schutz von Åsgard entscheidend war. Bragor begann über ihre Fahrt nachzudenken. Wie er am Rande des Moores Ares getroffen hatte und später in der Höhle Shûkyô und dann Feisal. Je länger er darüber grübelte, umso sicherer wurde er, dass sie einen entscheidenden Fehler gemacht hatten. Doch welchen? Irgendwann setzte er sich auf und stierte in die Nacht, den verwunderten Blick von Nara, der wachte, ignorierend. Nach einer Weile bemerkte Nara: »Wenn du nicht schlafen kannst, können wir genauso gut weiterreiten.«

Bragor sah auf und nickte langsam. Er würde in dieser Nacht weder Schlaf noch die Lösung des Problems finden. Wenn sie weiterritten, würden sie ein wenig Strecke und Zeit gutmachen. Zeit, die sie dringend benötigten. Soga, durch das Gespräch wach geworden, sattelte bereits die Pferde, die ihnen Venusleuchten gegeben hatte – ein königliches Geschenk. Die Tiere brauchten viel kürzere Pausen als jedes Pferd der Menschen. Selbst als die Sonne wieder aufging, liefen sie noch geschmeidig.

Am frühen Vormittag bemerkte Nara zwei Reiter, die in vollem Galopp hinter ihnen herritten.

»Werden wir verfolgt?«, fragte Bragor.

»Wohl eher die«, antwortete Soga. »So schnell würde ich nur reiten, wenn ein Feind direkt hinter mir ist und ich keine Chance zum Kämpfen habe.«

»Oder wenn ich eine Grenze bewachen soll und mir die Fremden zu spät aufgefallen sind, die sie überschritten haben. Ich will keinen Ärger, ich werde am besten mit ihnen reden«, erklärte Bragor.

Schnell hatte die beiden Reiter sie eingeholt und zügelten ihre Pferde.

»Edle Krieger«, grüßte sie Bragor, »könntet Ihr ein paar müden Reisenden mitteilen, in welchem Land sie sich befinden?«

»Willkommen, edle Reisende«, antwortete der eine Reiter. »Ich bin Baron Galcia. Ihr befindet Euch im Königreich Mälar, dessen König glücklich wäre, Euch an seiner Tafel begrüßen zu dürfen.«

»Herzog Sunzi«, stellte Bragor sich vor. Er bezweifelte, dass die anderen mit dem Orknamen etwas anfangen konnten. »Mit mir reiten der Baron Soga sowie der Graf von Nara. Gerne machen wir dem König von Mälar, von dessen ruhmreichen Taten überall berichtet wird, unsere Aufwartung.«

»Dann reitet weiter in Richtung Westen«, beschrieb Baron Galcia ihnen den Weg. »Bald werdet Ihr auf einen Wald treffen. Reitet am Wald ein Stück nach Norden. Wenn ihr auf einen Pfad stoßt, der in den Wald hinein führt, folgt diesem. Der Weg führt direkt zum Jagdschloss des Königs. Wir reiten vor und werden dem König von der Ankunft der edlen Gäste berichten.«

Dann traten die beiden ihren Pferden in die Seite und sprengten nach Westen davon. Bragor und die Orks warteten noch einen kleinen Augenblick.

»Meinst du, es ist klug, zu diesem König zu reiten?«, fragte Nara. »Was ist, wenn er kein König, sondern ein Räuberhauptmann ist. Ich denke da an das niedergebrannte Dorf.«

»Der Unterschied zwischen einem König und einem Räuberhauptmann ist geringer als du denkst«, antwortete Bragor. »Aber was er auch immer ist, diesmal waren es zwei Reiter. Wer weiß, auf wie viele wir das nächstes Mal treffen? Wir müssen auch noch herausfinden, was aus der Armee geworden ist. Ich hoffe, der König weiß etwas. Selbst wenn ich noch nie etwas von ihm oder einem Königreich Mälar gehört habe.«

Langsam ritten sie weiter, dabei überlegte sich Bragor eine Geschichte, warum er durch dieses Land ritt. Er wollte auf keinen Fall den wirklichen Grund ihrer Reise nennen. Schnell hatten sie den Wald erreicht, stießen auf den erwähnten Pfad und standen gegen Mittag vor einem kleinen Schloss, das von einem Wassergraben umgeben war und durch seine vielen Türme, Erker und Balkons einen verspielten Eindruck machte.

»Wie soll man denn so etwas verteidigen?«, fragte Nara sofort. »Die Brücke, die über den Wassergraben führt, kann man nicht hochziehen. Auch ist der Weiher viel zu flach, um sie zu schützen.«

»Darum ist es auch ein Jagdschloss«, entgegnete Bragor. »Wenn ein Adeliger seinem Vergnügen, der Jagd, frönt, rechnet er nicht damit, dass ihn Feinde angreifen. Deswegen wird bei solchen Schlössern auch weniger auf Verteidigungsmöglichkeiten als vielmehr auf Optik Wert gelegt.«

»Finden Menschen so ein Geschnörkel schön?«

»Was jagen die Adeligen, Orks oder Elben?«, mischte sich Soga ein.

»Gejagt wird Wild – Hirsche, Wildschweine und ähnliche Tiere«, klärte Bragor seine Freunde auf, ohne auf den Kommentar von Nara einzugehen. »Es gibt Treiber, die lenken die Tiere in eine Richtung, damit der Adelige sie erlegen kann.«

»Ich verstehe. Wenn ein Keiler angerannt kommt, stellt sich der Adelige, nur mit einem Messer bewaffnet, dem Keiler in den Weg. Und entweder überlebt der Adelige oder der Keiler.«

»Eine schöne Tradition«, bestätigte Nara.

Bevor Bragor seine Freunde aufklären konnte, dass Menschen anders jagen, erscholl eine Fanfare und ein Herold rief: »Herzog Sunzi und seine Begleiter, der Graf von Nara und der Baron Soga, machen ihre Aufwartung.«

Im Hof des Jagdschlosses eilten sofort Stallknechte herbei, um sich um die Pferde zu kümmern. Mit gemischten Gefühlen gab Bragor einem der Knechte sein Tier. Er wusste zwar, dass man Pferde immer besser behandelte als Menschen, aber dies waren nicht irgendwelche Tiere, sondern Elbenpferde. Er hoffte, dass die Stallknechte wussten, was sie taten.

»Eure wundervollen Pferde sind in besten Händen. Ihr könnt jederzeit nach ihnen sehen«, sagte ein Diener, der Bragors Gesichtsausdruck richtig deutete. »Doch bitte folgt mir, der König erwartet Euch.«

Bragor riss sich zusammen und folgte dem Diener auf die Schlossterrasse. Dort wurden sie von ein paar Adeligen, die mit dem König beim Essen saßen, freundlich empfangen.

»Herzog Sunzi, der Baron Soga und der Graf von Nara«, stellte der Diener sie vor. Alle drei verbeugten sich.

»Lasst das, lasst das!«, rief ihnen der kleine und untersetzte König zu. »Setzt Euch lieber und esst mit uns.«

Augenblicklich brachten Diener weitere Stühle, während andere Fleisch und Gemüse auftrugen.

»Ich sage es ja immer wieder: Adel erkennt man an der Pünktlichkeit beim Essen«, sagte einer der Adligen. »Und Ihr kommt genau dann, wenn das Fleisch gar ist.«

»Für Prinz Gleipnir ist essen sehr wichtig«, bemerkte ein anderer. »Mein Name ist Fürst Hialprek.« Dann stellte er ihnen die restlichen Anwesenden vor, Baron Swidur, Baron Swidir, Graf Hervar, Lady Ylva und Lady Eskila. Anschließend erkundigte er sich, woher Bragor und seine Begleiter kämen und was sie in das Königreich geführt hatte.

Bragor erzählte seine ausgedachte Geschichte. Er berichtete von einer Greifvogelart, die kleinere Tiere erlegt und diese seinem Herren bringt. Er kannte keinen Adeligen, der sich nicht für die Jagd interessierte.

»Mit Vögeln jagen«, sagte der König nachdenklich. »Eine schöne Idee. Was meint Ihr, mein Bruder, kann man das?«

»Im Wald stelle ich es mir schwierig vor«, antwortete Gleipnir, »doch auf einem freien Feld halte ich es für durchaus möglich.«

»Und in Zarza sollen sie so jagen?«, fragte Fürst Hialprek verwundert.

»Mir wurde gesagt, dass ich in Zarza erfahre, wo diese Vögel leben und an welchen Orten man so jagt«, antwortete Bragor. Der Ton der Frage hatte ihn vorsichtig werden lassen.

»Das kann ich mir schon eher vorstellen«, entgegnete der Fürst.

»Ihr müsst wissen«, mischte sich Lady Ylva ein, »dieses Zarsa ist dreckig und stinkt. Ein verkommener Moloch ist es. Deswegen wäre es erstaunlich, wenn ausgerechnet in Zarsa jemand eine so edle Jagdmethode entwickelt hätte.«

»Zarza, meine Liebe«, korrigierte der König freundlich. »Zarza. Aber Lady Ylva hat recht. Zarza ist ein einziger Sündenpfuhl. Wir hatten gehofft, dass die Armee, die vor ein paar Wochen hier lang zog, in Zarza mal aufräumt. Doch leider geschah dies nicht.«

»Was ist passiert?«, fragte Bragor.

»Das ist uns nicht bekannt«, antwortete der König. »Viele umliegende Königreiche haben der Armee ihre Unterstützung angeboten, damit das verhasste Zarza endlich zerstört wird. Der König von Fairway hat die Armee sogar in der Nähe seiner Stadt lagern lassen. Das war das Letzte, was wir von der Armee und Fairway gehört haben. Wahrscheinlich wird es Streitigkeiten um Verpflegung, Unterkunft oder eine Frau gegeben haben. Möglich, dass es zum Kampf kam. Ich will das auch gar nicht so genau wissen. Meist wird man dann nur in etwas hineingezogen. Mir langen meine Probleme.«

»Ich hatte gehofft«, erklärte Hialprek, »ihr hättet auf Eurer Reise etwas gehört und wir könnten mehr erfahren. Doch nun genießt die Gastfreundschaft des Königs von Mälar.«

Bragor nickte, auch wenn ihn die Erklärung nicht zufriedenstellte. Ein König, der nicht wusste, was in seiner unmittelbaren Nachbarschaft passierte, war ein toter König. Trotzdem fragte er nicht weiter nach, schließlich war er Gast und wollte schnell weiterreiten.

»Aber um noch mal auf die – wie nanntet Ihr sie, die Falconian? – zurückzukommen«, sagte Gleipnir. »Meint Ihr, man kann die Falconian auch für die Jagd auf größeres Wild benutzen?«

»Das weiß ich nicht«, antwortete Bragor ehrlich. »Die Falconian sollen etwas kleiner als Adler, dafür viel schneller sein. Sie jagen normalerweise kleine Tiere und Vögel, aber größere? An welche hattet Ihr gedacht?«

»Vielleicht nicht jagen, sondern nur stellen. Meint Ihr, edler Herzog, dies wäre möglich?«

Plötzlich lachte der König. »Mein lieber Bruder, du hast deinen letzten Auftrag hervorragend ausgeführt, auch ohne diese Falconian.«

»Nur hat es lange gedauert, bis wir auch den Letzten hatten«, entgegnete Gleipnir.

»Und ich dachte, die Jagd macht dem Prinzen Spaß«, mischte Lady Eskila ein.

»Liebe Freundin«, wandte sich Lady Ylva an Lady Eskila. »Ich glaube ihm das nicht. Swidur und Swidir haben ihn begleitet. Mich würde es nicht wundern, wenn sie absichtlich ein paar laufen gelassen haben, damit der Prinz sie zu seinem Vergnügen wieder einfangen und töten konnte.«

»Du hast recht«, entgegnete Eskila. »Ich habe nicht nachgedacht. Alle waren bei der Rückkehr sehr fröhlich. Sie mussten auch nicht weit reiten, um ihren Spaß zu haben.«

Die beiden Damen lachten. Auch wenn Bragor nicht wusste, worüber gesprochen wurde, beschlich ihn das ungute Gefühl, dass sich die Unterhaltung um ein niedergebranntes Dorf drehte.

»Sie hatten es verdient«, warf Prinz Gleipnir ein, »und die letzte Ausrede war zu lächerlich. Orks sollten diesmal die Schuldigen gewesen sein. Angeblich hätten sie einen Teil der Ernte gestohlen. Als ob nicht jeder wüsste, dass sich Orks ausschließlich von Menschen oder Elben ernähren. Auch wenn sie jetzt nie mehr Steuern zahlen werden, wissen doch nun die anderen Dörfer, was passiert, wenn man die Krone zum Narren halten will.«

»Daran zweifele ich keine Sekunde«, stimmte der König zu. »Schließlich zahlten sie ihre Steuern auch sonst nur schleppend. Und immer diese Ausreden. Da musste ein Exempel statuiert werden. Aber wir wollen unsere Gäste nicht länger mit Politik langweilen. Ich bin mir sicher, der Herzog hat nicht zufällig dieses Schloss für seinen Besuch ausgesucht. Schließlich ist es nicht nur wegen seines Baustils berühmt, sondern auch wegen seiner ergiebigen Jagdgründe. Deswegen schlage ich vor, dass Ihr, Fürst Hialprek, dem Herzog und seinen elbischen Begleitern heute das Schloss zeigt und wir morgen zur Jagd reiten.«

Bragor schluckte. Nicht nur, weil der König Nara und Soga als Elben bezeichnet hatte, eine Beleidigung, die normalerweise das Schwert zur Antwort gehabt hätte, sondern weil sie noch einen Tag hierbleiben sollten. Er hatte weder Zeit noch Lust, sich ein Schloss anzuschauen oder auf eine Jagd zu reiten. Er musste nach Hause. Doch wusste er, dass eine Ablehnung einem Affront gleich käme. Bragor wollte nicht jetzt schon die Waffen sprechen lassen, auch wenn alles in ihm drängte, weiterzureiten.

»Es wäre uns eine Ehre«, antwortete er sich verbeugend.

Am nächsten Morgen, bei Sonnenaufgang, brach die Jagdgesellschaft auf. Weil der König seinen gewohnten Komfort auch bei einer Jagd brauchte, begleiteten sie zwanzig Köche und Diener. Zwei Kutschen waren notwendig, um die Verpflegung und den Wein zu transportieren, entsprechend langsam bewegte sich der Tross vorwärts. Bragor tröstete sich mit dem Gedanken, dass es westwärts ging.

Fürst Hialprek lenkte sein Pferd an seine Seite. »Die Jagd wird Euch gefallen. Wir werden ein ganz besonderes Wild jagen. Eines, für das man seinen ganzen Mut braucht.«

Bragor ahnte Böses, doch der Fürst ließ ihm keine Zeit, weiter darüber nachzudenken. »Wegen dieser Falconian: Seid Ihr sicher, dass Zarza und nicht Sarsa gemeint war?«

»Es hat sich für mich wie Zarza angehört. Doch kann auch Sarsa gemeint gewesen sein. Was wisst Ihr über Sarsa?«

»Eine Küstenstadt weit südlich von Zarza und nicht verkommen wie Zarza. Dort habe ich Habichte auf die Art, die Ihr beschrieben habt, jagen sehen. Lady Ylva hat mich durch ihren Versprecher auf die Idee gebracht, dass eine andere Stadt gemeint sein könnte.«

Es fiel Bragor schwer, nicht erstaunt zu wirken. Hatte er doch nur eine Geschichte erzählt, die er mal in seiner Jugend gehört hatte. »Dann sollte ich mich besser nach Sarsa aufmachen. Wisst Ihr, ob Schiffe von Zarza dort hinfahren, oder ist es besser zu reiten?«

»Wenn Zarza die einzige Stadt an der Küste wäre, würde ich Euch empfehlen zu reiten. Doch zwei Tagesritte entfernt, genau westlich von hier, liegt Portinho, ein kleiner Ort mit einem Hafen. Der König freut sich darauf, Euch dem Stadtrat von Portinho vorzustellen.«

»Der König ist überaus gütig!« Innerlich fluchte Bragor. Er wollte nicht nach Süden, sondern nach Norden. Er hatte keine Zeit, mit einem König und dessen langsamem Gefolge zu diesem Portinho zu reiten. Es musste eine andere Lösung geben.

»Im Vertrauen«, sagte Hialprek verschwörerisch, »Prinz Gleipnir hat die Geschichte so gut gefallen, dass er beschlossen hat, Euch zu begleiten. Auch Swidur und Swidir werden mitkommen. Vögel, die jagen, das ist wahrhaft etwas Königliches.«

Bragor gefiel die Entwicklung gar nicht. Er hätte sich eine langweiligere Geschichte ausdenken sollen. Dass sich Nara und Soga während des Gespräches zurückgezogen hatten, bis er sie nicht mehr sehen konnte, irritierte Bragor zusätzlich.

Als die Jagdgesellschaft am späten Vormittag ihr Ziel erreicht hatte, schlugen Diener die Zelte auf, während der König seine Gäste bat, mit ihm zu jagen. Schnell ritten sie zu einer Schneise, auf die die Treiber das Wild hetzten. Der König stellte sich zwischen die Bäume, legte einen Pfeil an die Sehne und bewegte sich nicht mehr. Kurze Zeit später sprang der erste Hirsch über die Trasse, der König hob seinen Bogen und schoss. Doch er verletzte den Hirsch nur. Schnell sandte er einen zweiten Pfeil hinterher. Der Hirsch lebte immer noch, erst beim dritten Pfeil starb er. Jetzt eilten Diener auf die Lichtung und zerrten den toten Hirsch weg. Das nächste Tier wurde von Prinz Gleipnir mit zwei Pfeilen erlegt. Bragor verkniff sich ein Grinsen, als er die enttäuschten Gesichter der Orks sah. Sie waren nicht nur von den schlechten Schießkünsten des Königs enttäuscht, sondern auch von der Jagdmethode. Denn aus dem Hinterhalt auf Tiere zu schießen, ohne ihnen eine Chance zur Gegenwehr zu geben, fanden sie feige.

»So jagt ihr?«, fragte Nara leise und vorwurfsvoll. Bragor nickte.

Doch so leise Nara gefragt hatte, Prinz Gleipnir hatte es gehört. »Was stört Euch daran?«

»Wo ist der Reiz? Sicher, man braucht eine ruhige Hand. Aber mit einem Pfeil oder Speer ein Tier zu erlegen ist doch langweilig. Man muss sich dem Tier stellen. Schauen, wer stärker ist, das Tier oder der Jäger. Zur Not kann man noch ein Messer zu Hilfe nehmen. Doch das Tier muss auch die Möglichkeit haben, den Jäger zu töten. Alles andere ist keine Jagd.«

»Mein König«, rief Gleipnir.

»Ich habe es gehört«, antwortete diese lächelnd. »Und ich werde meine Gäste nicht enttäuschen. Ihr jagt mit dieser Methode jedes Tier?«

»Selbstverständlich!«, entrüstete sich Nara.

»Mein Bruder«, befahl der König freundlich, »gebt unserem Gast ein Messer. Ich will, dass es das beste ist, was wir besitzen. Ich will es ihm zum Geschenk machen. Und dann werden wir zum eigentlichen Grund dieser Jagd aufbrechen. Denn dort wartet das richtige Tier auf den Grafen. Selbst wenn dann dem edlen Herzog Sunzi ein Begleiter fehlen wird.«

Prinz Gleipnir zögerte nicht, er ging zu seinem Pferd, holte ein Messer hervor und überreichte es Nara.

»Ich hoffe, es sagt Euch zu«, erklärte er feierlich. »In dem Messer steckt die Schmiedekunst von Mälar.«

Nara nahm es in die Hand, warf es in die Luft und fing es wieder auf. Anerkennend nickte er. Das Messer lag gut in der Hand und ließ sich als Stich- und Wurfwaffe einsetzen.

Dann gab der König Befehl aufzusitzen. Zu Bragors Entsetzen ritt die Gesellschaft jetzt wieder in Richtung des Jagdschlosses. Er zögerte ein wenig, sich auf das Pferd zu setzen, viel lieber wäre er in die andere Richtung geritten. Sollten sie sich einfach absetzen?

Soga gab ihm ein Zeichen, noch ein wenig zu warten, während Nara abseits stand und darauf achtete, dass kein Mitglied der Jagdgesellschaft ihr Gespräch störte.

»Mir scheint, die Menschen sind alle blind«, sagte Soga. »Doch ich sehe hier so viele Spuren von unseren degenerierten Verwandten, dass ich als Mensch schleunigst das Weite suchen würde. Der König reitet mit vielleicht dreißig Mann weiter. Doch nach den Spuren zu urteilen, sind hier mindestens dreihundert Orks in der Nähe.«

Bragor waren die Spuren auch aufgefallen. Er hatte gedacht, dass sie von den Treiber kamen, die das Wild für den König aufscheuchten. Dass die Spuren von Orks stammten, veränderte die Situation. Jetzt konnten sie sich nicht mehr davonstehlen. Sie würden nicht nur den König verärgern, sondern die Orks würden ihr Verhalten als Feigheit auslegen. Es war offensichtlich, was die Orks wollten. Bragor musste sich entscheiden, auf welcher Seite er in den Kampf eingriff. Doch hatte Herzog Sunzi überhaupt eine Wahl, fragte er sich.

»Ich werde besser meinen Mantel anziehen«, antwortete er. Die Entscheidung war gefallen. »Wir werden einen *Verwandtschaftsbesuch* machen.«

Soga nickte, dann folgten sie der Gesellschaft.

Eine gute Stunde ritten sie durch den Wald, bevor der Spurenleser der Gruppe dem König ein Zeichen gab, der daraufhin die Hand hob, die Gesellschaft absteigen ließ und zu Nara schritt.

»Ihr tut uns wirklich einen Gefallen. In diesem Teil des Waldes treibt ein Bär sein Unwesen. Er reißt die Tiere der Bauern und zerstört deren Felder. Auch hat er bereits mehrere Menschen getötet. Die Aufgabe der heutigen Jagd ist es, diese Bestie zur Strecke zu bringen. Ich sollte Euch der Fairness halber darauf hinweisen, dass der Bär sehr aggressiv ist. Einige bezweifeln, dass es wirklich nur ein Bär ist. Sie nennen es das Monster Mälar. Doch Euer Wunsch war es zu jagen …« Weiter kam der König nicht. Nara hatte sich umgedreht und Soga seine Waffen gereicht. Er blickte den König nicht einmal an, als er wortlos im Unterholz verschwand. Selbst das Messer, das ihm Prinz Gleipnir zum Geschenk gemacht hatte, ließ er zurück.

»Immer hat er das Vergnügen«, nörgelte Soga. Alle außer Bragor lächelten. Ihm fiel es schwer, sich zu entspannen. Seit Soga ihn darauf aufmerksam gemacht hatte, sah er die Spuren deutlich. Schließlich waren Orks hier lang gezogen und keine Elben. Orks, die alles niedertrampelten. Die einfach nur Lust an der Zerstörung hatten. Waren die anderen blind? Hatte der Spurenleser des Königs jetzt schon zu viel getrunken? Ein umgeknickter Ast konnte auch von einem Tier stammen, aber Hunderte von umgeknickten

Ästen? Die Erde war dermaßen aufgewühlt, als hätten sich darin mehrere Rotten von Wildschweinen gesuhlt. Bragor sah die vielen kleinen Sträucher, die im Wald herumlagen und mit den Wurzeln rausgerissen worden waren. Dann trug der Wind auch noch einen Geruch herbei. Einen Geruch, den man, wenn man ihn einmal gerochen und überlebt hatte, sein ganzes Leben nicht mehr vergaß. Den Geruch von niederen Orks.

Die Jagdgesellschaft jedoch bekam von alldem nichts mit. Das Pferd mit dem Weinfass wurde herangeführt und man begann zu zechen. Bragor konnte sich nicht mehr auf die Umgebung konzentrieren. Die Jagdgesellschaft diskutierte laut darüber, wie Nara das Monster finden wollte. Hatte ihm doch niemand eine Spur gezeigt, der er folgen konnte. Je länger Nara brauchte, umso mehr trank die Gesellschaft, besonders der König. Er trank den Wein, als sei es Wasser. Dann fing er an, Edelsteine zu verteilen. Den Grund dafür verstand Bragor überhaupt nicht. Denn auch er und Soga bekamen einen, als ob sie sich um das Königreich von Mälar verdient gemacht hätten.

»Ich bin gespannt, wie der Graf das Monster erlegt«, bemerkte der König mit schwerer Zunge, als er Bragor den Diamanten überreichte.

»Ihr werdet es mitbekommen«, antwortete Bragor, der längst den Mantel trug, der ihn als Herzog der Orks auswies.

Keiner aus der Jagdgesellschaft störte sich an dem ungewöhnlichen Muster und Bragor hoffte, dass die Orks von hier die alten Legenden kannten.

Nara blieb lange weg. Ohne Sogas *Verwandte* in ihrer Nähe hätte sich Herzog Sunzi keine Gedanken gemacht. Doch als er Soga betrachtete, wurde ihm wieder klar, dass beide mehr wie Elben als wie Orks aussahen. Erst gestern hatten sie es wieder erfahren.

»Wie lange braucht der Graf«, unterbrach Fürst Hialprek Bragors Gedanken, »um den Bären zu töten?«

Bragor blickte den Fürsten kurz an und antwortete dann trocken: »Ich bin mir ziemlich sicher, dass der Bär längst tot ist. Und dass der Graf auf dem Weg zu Lady Ylva und zu Lady Eskila ist, um die Damen ein wenig zu unterhalten. Schließlich hat ihn niemand aufgefordert, hierher zurückzukehren.«

Der Fürst schaute ihn erstaunt an, dann lachten er und die ganze Gesellschaft laut.

»Ich hoffe doch«, warf Prinz Gleipnir ein, »dass sie sich nicht nur unterhalten. Wir hätten den Grafen warnen sollen, die Damen lieben Abenteuer.«

Die Gesellschaft lachte lauter. Bragor begann sich unwohl zu fühlen. Der Geruch nach Orks wurde intensiver. Plötzlich zuckte er zusammen. Lautes Brüllen erscholl. Das Geräusch von brechenden Ästen und Zweigen drang an sein Ohr. Unwillkürlich zog Bragor sein Schwert. Griffen die Orks sie an?

Doch es war Nara, der leichtfüßig auf sie zulief. Verfolgt von einer riesig großen Kreatur, die nur aus Fell und Zähnen zu bestehen schien und ihre Wut hinausbrüllte.

Als Bragor die Kreatur sah, bezweifelte er, dass es sich um einen Bären handelte. Alleine die Größe seines Kiefers und die Masse seines Körpers hatten nichts mit einem Bären gemeinsam. Sie ähnelte mehr einem Geschöpf aus der Unterwelt, das Gestalt angenommen hatte.

Kaum hatte Nara sie erblickt, lächelte er kurz und zeigte dann, was er sich unter einer Jagd vorstellte. Was er nun vollführte, war unglaublich. Auch wenn Bragor mit so etwas gerechnet hatte, stand er mit offenem Mund da und staunte. Einen Baum als Sprungbrett benutzend, sprang der Ork mit einer Rolle rückwärts hinter den Bären. Im Flug griff er nach dessen Kopf, krallte seine Klauen fest in das Fell des Tieres und brach ihm mit einem Ruck das Genick. Augenblicklich sackte der Bär in sich zusammen. Dass der Schwung den toten Körper noch ein paar Meter weiter trug, interessierte keinen, alle starrten auf den Ork.

Nara ging gelassen zum König, verbeugte sich und fragte freundlich: »Habt Ihr noch so einen Bären, der Euch Probleme bereitet?«

Der König, zu überrascht um etwas zu sagen, schüttelte den Kopf. Auch die anderen Jäger konnten nicht glauben, was sie gesehen hatten. Sie blickten zu Nara, dann zum Bären und wieder zu Nara. Der sich nicht mehr um die anderen kümmerte, sondern seine Waffen holte. Dabei zeichnete er einen kleinen Kreis in die Luft. Bragor verstand das Zeichen: Die Orks hatten sie umstellt.

»Meinst du, die wissen, wer wir sind?«, fragte Bragor, dem es egal war, ob die Jagdgesellschaft sie hörte.

»Ich habe mich mit ihnen bestens unterhalten. Sie warten auf uns.«

Bragor nickte. Es war gesagt, was es zu sagen gab. Er ging zu seinem Pferd. Dann ging alles schnell, zu schnell für den König von Mälar, zu schnell für Prinz Gleipnir. Bragor war schon zu lange mit den Orks zusammen, als dass es noch irgendwelcher Erklärungen bedurft hätte. Nara hatte gerade das geschenkte Messer nach dem Prinzen geworfen, da saßen Soga und Bragor bereits im Sattel und ritten in vollem Galopp auf den König zu. Das Messer drang in die Stirn von Prinz Gleipnir ein, als Bragor den König mit einem Hieb tötete und Soga einen Leibwächter des Königs erschlug. Dann war Nara bei ihnen und gab ihnen Deckung. Die Jagdgesellschaft war völlig überrascht, sie zögerte den entscheidenden Augenblick, den Bragor und die

Orks brauchten, um einen kleinen Abstand zwischen sich und die Menschen zu bringen. Doch als sei ihr Angriff ein Zeichen gewesen, stürmten auch schon die niederen Orks auf die Jagdgesellschaft zu und hieben nach Orkenart gnadenlos auf alles ein. Das Gefolge des Königs hatte keine Chance. Die Orks waren ihnen zehn zu eins überlegen. Was Bragor, der sich mit Nara und Soga das Gemetzel aus der Entfernung ansah, beim Kampf am meisten erstaunte, war, dass kein Ork einen anderen angriff. Er erinnerte sich gut an Naras Erklärung über die Rivalitäten unter den niederen Orks. Doch die schien es hier nicht zu geben.

Als die Orks mit dem Töten fertig waren, wandten sie sich ihrem Herzog zu und legten sich mit dem Gesicht auf den Boden. Dann erhob sich einer von ihnen und sagte: »Mein Name ist Mächtiger Speer. Ich bin der Soberano. Es wäre mir eine Ehre, Euch zu unserem Rural zu führen.«

»Führt uns«, antwortete Herzog Sunzi dem Soberano, dem Oberen, dem Anführer der Orks, knapp.

Die Orks sprangen auf und rannten los. Herzog Sunzi ließ sich von der Eile nicht anstecken. Zuerst ritt er zum toten König und nahm die restlichen Edelsteine an sich. Er würde sie noch gebrauchen können. Erst dann folgte er mit Nara und Soga den Orks.

Als sie in das Rural, das Lager, ritten, wunderten sie sich, dass es sich mitten im Wald befand. Die niederen Orks hassten Bäume. Zum Ausgleich hatten sie jeden Baum und Strauch, der in ihrem Lager wuchs, gefällt, so dass sich der Rural in einer Lichtung befand. Mächtiger Speer führte Sunzi zur Mitte der Lichtung, auf der bereits Tiere für den Herzog gebraten wurden. Dort wartete ein Ork auf sie, der sich von den anderen deutlich unterschied. Zum einen trug er keinerlei Waffen, zum anderen strahlte er eine Würde aus, die Bragor noch bei keinem der niederen Orks wahrgenommen hatte.

»Schnelles Wort«, stellte sich der Ork vor.

»Schnelles Wort«, erwiderte Herzog Sunzi. »Ein nicht alltäglicher Name für einen Magier.«

»Es ist der Name, der mir offenbart wurde.« Es klang wie eine Entschuldigung.

Herzog Sunzi ahnte, dass Schnelles Wort lieber einen kriegerischeren Namen gehabt hätte – selbst wenn ihm sein Name von heiligen Sehern offenbart worden war. »Den Viajoren unterlaufen keine Fehler«, antwortete er deswegen bestimmt. »Allein durch Euer Auftreten erweist Ihr Eurem Stamm und dem Namen Ehre.«

»Bitte setzt Euch«, sagte Mächtiger Speer und deutete auf ein paar gefällte Bäume, die um das Feuer arrangiert waren und als Sitzmöglichkeit dienten.

»Wir können zum Essen bedauerlicherweise nur Tiere des Waldes servieren und keinen Elben.«

Herzog Sunzi wusste, dass selbst die niederen Orks nur selten Elben oder Menschen aßen, waren dies doch Spezialitäten. Aber es galt als unhöflich, einen Gast nicht darauf aufmerksam zu machen, dass es keinen Elben oder Menschen zum Essen gab. Sunzi saß gerade, als ein anderer Ork erschien und ihnen etwas zu trinken reichte.

»Auf Herzog Sunzi und seine Begleiter«, toastete Schnelles Wort.

»Auf Mächtiger Speer, Schnelles Wort und ihre Jungs. Mögen sie viele Elben und Menschen töten«, erwiderte Sunzi den Toast korrekt und trank. Im ersten Augenblick war er verwundert, dass als Getränk nur einfaches Wasser serviert wurde. Aber dann fielen ihm die Worte von Shûkyô ein: ›Es ist egal wie es schmeckt, Hauptsache es gibt Kraft.‹

»Ihr habt uns einen großen Gefallen erwiesen«, sagte Mächtiger Speer. »indem ihr den Soberano der Menschen getötet habt. Immer wieder haben sie uns gejagt und nur zum Vergnügen gefoltert.«

»Es war mir eine Ehre, Euch behilflich zu sein«, antwortete Sunzi. »Doch werden die Menschen bald einen neuen Soberano haben.«

»Davon ist auszugehen«, bestätigte Schnelles Wort. »Aber wir haben erst einmal Ruhe und können uns weitere Schritte überlegen.«

»Ihr lebt an einem ungewöhnlichen Ort.«

»Wir mussten den Drachen ausweichen«, antwortete Schnelles Wort.

»Den Drachen ausweichen?«

»Wir haben früher in den Bergen nördlich von hier gelebt«, erklärte Mächtiger Speer. »Dort, wo die Berge schwer zugänglich sind und die Drachen brüten. Es war ein gutes Zusammenleben. Mal haben wir ein paar Dracheneier gestohlen oder kleine und junge Drachen getötet, mal haben die Drachen ein paar von uns getötet. All das hat uns immer viel Spaß gemacht. Aber auf einmal wurden die Drachen wie toll. Wollten sich nicht mehr töten lassen, ob es nun kleine Echsen waren oder Jungdrachen. Es wurde immer gefährlicher, Dracheneier zu stehlen.«

»Ich habe die Geister befragt, was wir tun sollen«, fuhr Schnelles Wort fort, »und erfahren, dass eine große Aufgabe auf uns wartet, – doch leider nicht, worin diese besteht. Dann berichteten mir ein paar Jungs, dass ein Herzog in großer Eile nach Westen reitet. Da wusste ich, dass er uns unsere Aufgaben erklären wird.«

»Ihr könnt euch unsere Bestürzung vorstellen, als wir erfuhren, dass der Herzog bei den Menschen ist. Und als wir Euch dann mit ihnen durch den Wald reiten sahen, dachten wir, man wolle Euch foltern. Doch Euer mutiger

Krieger Nara hat uns den Grund für Eure Anwesenheit bei den Menschen genannt.«

»Bitte befehlt über uns!«, lächelte Mächtiger Speer. »Sollen wir Euch helfen, die restlichen Menschen zu töten oder die Drachen aus den Bergen zu vertreiben, um ein Reich der Orks zu errichten?« Damit verbeugten sich Schnelles Wort und Mächtiger Speer vor Herzog Sunzi.

Der schluckte. Was sollte er mit einem Stamm von niederen Orks? Orks, die keine Disziplin halten konnten und alles fraßen, was ihnen vor den Mund kam. Das konnte er noch weniger gebrauchen als Prinz Gleipnir und die Reise nach Süden. Er musste zurück nach Åsgard.

»Ihr zögert«, bemerkte Schnelles Wort.

»Als ich aufbrach«, entgegnete Sunzi, »war mir klar, dass ich Hilfe dort bekommen würde, wo ich sie am wenigsten erwarte.«

»Es ist eine Ehre uns, für Euch zu sterben«, warf Mächtiger Speer ein.

»Um mich geht es nicht«, entgegnete Sunzi, der verzweifelt überlegte, was er den Orks sagen konnte. Wollte er gegen den König zuerst nicht zur Waffe greifen, weil er gehofft hatte, das Problem friedlich lösen zu können, so wusste er, dass es Selbstmord wäre, zu dritt gegen die Orks zu kämpfen.

»Das ist selbstverständlich«, sagte Schnelles Wort. »Deswegen unterwerfen wie uns auch ganz Euren Befehlen. Egal, welcher Art sie auch sind. Damit die Mission, die Ihr unternehmt, auf jeden Fall ein Erfolg wird.«

Sunzi dachte nach, doch fiel ihm einfach keine passende Antwort ein. Bei Menschen hätte er vielleicht von Gefahr und Tod gesprochen, aber was sollte er den Orks sagen, die Gefahr und den Tod suchten?

»Ich hatte neulich ein interessantes Gespräch«, erklärte Mächtiger Speer, dem das erneute Zögern von seinem Herzog aufgefallen war, »mit ein paar Jungs von den Spey Mountains. Eine Rotte verlauster Orks hatte keinen Respekt vor einem Herzog. Einer wagte es sogar, diesen Herzog herauszufordern. Der Herzog brauchte nicht mal seine Waffe zu ziehen, um diesem Abschaum von Ork zu zeigen, was es heißt, sich gegen einen Herzog zu stellen.«

»Bemerkenswert«, ergänzte Schnelles Wort, »ist die Geschichte, weil der Herzog in Begleitung eines Mächtigen war. Warum sich der Mächtige zurückhielt, konnten sich die Orks nicht erklären. Schließlich hätte ein Wort vom Mächtigen genügt, um sie alle zu töten, doch er tötete niemanden. Ich nehme an, der Mächtige wollte dem Herzog die Möglichkeit geben zu sterben, um seine Treue zu beweisen. Aber Ihr seid nicht tot und habt dem Mächtigen Treue bewiesen. Wir bitten nur um die Ehre, Euch genauso die Treue beweisen zu dürfen.«

Fieberhaft überlegte Sunzi, was er den Orks antworten konnte. Es war unmöglich, mit ihnen nach Åsgard zu reisen. Er brauchte somit hier und jetzt eine Aufgabe für die Orks.

»Ihr werdet es mitbekommen haben«, begann er nachdenklich, »dass sich zurzeit viel verändert. Meine Aufgabe wäre mit euch an meiner Seite viel einfacher. Doch wie bei den Orks am Spey frage ich mich, ob dies nicht genau der Fehler ist.«

»Aufgrund ihrer zahlenmäßigen Überlegenheit«, warf Schnelles Wort ein, »dachten die Orks, sie hätten ein leichtes Spiel und erkannten die Wahrheit nicht.«

Sunzi nickte. »Die Aufgaben, die Kami verteilt, sind niemals leicht. Und man darf nicht den Fehler machen, sich die Sachen leichter zu machen, als von Kami vorgesehen.«

»Doch dann hätten die Götter Euch nicht zu uns geführt. Die Frage lautet somit, wie können wir Euch helfen?«

Innerlich fluchte Sunzi. Erst der König und jetzt diese Orks. Als ob er nicht genug Probleme hätte! Bald würden zwanzigtausend Orks nach Åsgard kommen. Das Zusammenleben zwischen diesen Orks und den Menschen würde schon kompliziert genug werden. Eine Idee zeichnete sich ab, eine, die den Orks gefallen würde.

»Mein Auftrag darf auf keinen Fall scheitern«, erklärte er feierlich. »Die Konsequenzen wären zu schrecklich.«

»Verlasst Euch auf uns! Wir helfen!«, sagte Mächtiger Speer voller Stolz.

»Euer Mut spricht für Euch. Ich werde dem Mächtigen von Eurer Stärke und Eurem Mut berichten. Siege erreicht man dadurch, dass man den Feind mit einer Sache beschäftigt und gleichzeitig etwas anderes macht.«

Schnelles Wort und Mächtiger Speer stimmten zu.

»Ich werde Euch und Euren Stamm in die Halle Eurer Ahnen schicken. Keiner wird mehr zu seinen Höhlen zurückkehren, wenn Ihr mir helft.«

»Zum Sterben werden wir geboren«, erklärte Schnelles Wort feierlich.

»Der Tod ist unsere Bestimmung«, pflichtete Mächtiger Speer glücklich bei.

»Ihr kennt den Wald nördlich von der Menschenstadt Phokis?«

Wieder stimmten die Orks zu.

»Der Wald ist voller zerstrittener Elben«, sagte Sunzi.

»Phokis ist voller Orks«, bemerkte Schnelles Wort.

»Auch die Spey Mountains sind nicht fern«, ergänzte Nara, der ahnte, worauf Herzog Sunzi hinauswollte.

»Wenn jetzt eine Gruppe Orks in den Wald einfällt«, fuhr Sunzi fort, »wird jeder denken, wir wollen eine Verbindungslinie zwischen Phokis und den

Spey Mountains errichten. Der Feind ist abgelenkt und ich kann in Ruhe meinen Auftrag ausführen.«

Schnelles Wort war beeindruckt. »Phänomenal!«

»Wie viele Orks denkt Ihr brauchen wir, um die Elben aus dem Wald zu vertreiben?«, wollte Mächtiger Speer wissen.

»Mehr als in Eurem Stamm sind. Ihr greift die Elben auf ihrem eignen Gebiet an, im Wald! Dort sind sie Euch überlegen. Keiner von Euch wird auch nur die geringste Chance haben zu überleben.«

Beeindruckt schwieg Mächtiger Speer.

»Und das Ganze ist nur eine Ablenkung«, fragte Schnelles Wort nach einer Weile, »damit Ihr Euer Ziel erreicht?«

»Richtig«, bestätigte Herzog Sunzi. »Ich würde Euch gerne von meiner Aufgabe berichten, um Eure Herzen zu stärken, damit Ihr noch freudiger in den Tod geht und den einen oder anderen Elben mehr erschlagt. Doch leider weiß ich, wie die Elben foltern und welche Möglichkeiten sie haben, selbst den tapfersten Ork zum Sprechen zu bringen. Deswegen sage ich nichts.«

»Wann sollen wir aufbrechen?«, fragte Mächtiger Speer ungeduldig.

»Sobald Ihr und Eure Krieger dazu in der Lage seid.«

»Und wann brecht Ihr auf?«, wollte Schnelles Wort wissen.

»Wenn alle Fragen beantwortet sind.«

»Wir haben keine Fragen mehr.«

»Dann möge Kami mit Euch sein«, antwortete Herzog Sunzi und erhob sich mit Soga und Nara.

»Möge der Mächtige Euch beschützen«, erwiderte Mächtiger Speer.

Danach saßen Bragor, Nara und Soga auf und ritten davon.

5. Der König ist tot, es lebe der König

m scharfen Galopp ritten sie in Richtung Portinho. Bragor ärgerte die Zeit, die sie verloren hatten. Er ärgerte sich über den König, der alles glaubte, sobald es von jemandem kam, der sich Herzog nannte. Er ärgerte sich über die niederen Orks, die freudestrahlend in den Tod marschierten. Er musste nach Åsgard, er hatte keine Zeit für solche Leute. Auch der gut gemeinte Versuch von Nara, ihn aufzumuntern, half nicht. Die Legende von Herzog Sunzi würde sich unter den niederen Orks in Windeseile verbreiten. Nicht nur, dass er sich alleine gegen Hunderte von Orks gestellt hatte, nein, er schickte auch noch einen ganzen Stamm sinnlos in den Tod. Das waren Geschichten, die den niederen Orks gefielen. Bragor schüttelte nur den Kopf. Es gab Dinge, die wollte er nicht verstehen. Er beschloss, niemandem das Ziel ihrer Reise zu sagen und befahl Nara und Soga, Snaefjord als Ziel zu nennen, sollten sie danach gefragt werden. Bragor wollte, dass Åsgard in Vergessenheit geriet. Niemand sollte mehr an die Insel denken.

Als am Mittag des nächsten Tages die Hafenstadt Portinho vor ihnen lag, atmete Bragor ein wenig auf. Es war eine kleine Stadt, die auf den ersten Blick einen gepflegten Eindruck machte. Von ihrer Anhöhe aus konnten sie den Hafen sehen, in dem mehrere Schiffe ankerten. Eines davon würde sie nach Åsgard bringen, da war Bragor sich sicher. Sie lenkten ihre Pferde auf das Stadttor zu.

»Sucht Ihr Arbeit oder ein Schiff?«, fragte die Wache am Tor.

»Ein Schiff«, antwortete Bragor.

»Schade«, entgegnete die Wache, »wir brauchen Krieger. Ihr hättet gut zu uns gepasst.«

»Wir wollen nur zum Hafen, um in den Norden zu kommen. Kennt Ihr die Schiffe, die dorthin segeln?«

»Fragt im Hafen am besten nach Kapitän Hawk, er befiehlt die *Fliegende Meerjungfrau*. Soviel ich weiß, sucht er Ladung. Vielleicht kann er Euch helfen.«

»Danke«, antwortete Bragor und ritt mit Nara und Soga weiter.

Kaum hatten sie das Tor passiert, glaubte Bragor, in ein Militärlager gekommen zu sein. Er sah nur Bewaffnete, die geschäftig hin und her eilten. Die Rasse der Krieger spielte keine Rolle. Menschen und Elben trugen die Rüstungen verschiedener Fürsten, eilten zu ihren Kommandos. Selbst einige niedere Orks dienten. Frauen und Kinder lenkten Fuhrwerke, die voller Waffen oder Vorräte waren. Jeder schien sich auf eine große Schlacht vorzubereiten. Gegen wen gekämpft wurde, wollten weder Bragor, Nara noch Soga wissen. Sie ritten in Richtung Hafen. Alle, die zu Fuß unterwegs waren, machten ihnen respektvoll Platz, wussten sie doch nicht, ob die drei Reiter nicht die Offiziere waren, die sie in die nächste Schlacht führen würden. Bragor dachte darüber nicht mehr nach. Die Welt war verrückt geworden. War es vielleicht schon immer gewesen. Er würde daran nichts ändern können, nicht mit sämtlichen Armeen der Welt.

Als sie schließlich die *Fliegende Meerjungfrau* erblickten, wusste Bragor, dass es genau das Schiff war, welches sie brauchten – und warum es keine Ladung hatte. Die fliegende Meerjungfrau war zu groß für einen Fischkutter und zu klein für ein Handelsschiff. Sie erinnerte Bragor mehr an ein Schiff, mit dem man Waren zu kleineren Städten an der Küste transportierte. Städte, die keinen großen Hafen besaßen. Für den Krieg wurden größere Schiffe benötigt. Doch für ihre Zwecke hatte die *Meerjungfrau* genau die richtige Größe.

»Ahoi an Bord«, rief Bragor vom Kai, »ist Kapitän Hawk an Bord?«
»Was wollt Ihr vom Kapitän«, rief einer der Seeleute zurück.
»Euer Schiff heuern.«
»Ihr wollt mein Schiff heuern?«, staunte der Seemann.
»Ja.«
»Kommt an Bord.«
Bragor stieg vom Pferd ab und ging zu dem Seemann, während Nara und Soga am Kai warteten.
»Kapitän Hawk, nehme ich an?«, fragte Bragor, als er an Bord war.
»Hat Euch die Wache erzählt, wer ich bin?«
»Sie hat auch erzählt, dass Ihr Ladung sucht. Ich habe Ladung: meine beiden Adjutanten, mich und drei Pferde.«
»Schiffe sind kein guter Platz für Pferde, außerdem ist das Schiff dann nicht mal zur Hälfte ausgelastet.«
»Ich heuere das ganze Schiff. Die Auslastung interessiert mich nicht.«
Verwundert hob Hawk die Augenbrauen. »Kommt doch mit in meine Kajüte, dort können wir das besser besprechen.«

Er ging vor und Bragor folgte. Als der Kapitän die Tür geschlossen hatte, fragte er: »Vor wem seid Ihr auf der Flucht?«

»Ich bin nicht auf der Flucht. Ich muss nur schnell zu meiner Truppe«, antwortete Bragor und fuhr mit einer erfunden Geschichte fort: »Und hätte dieser Tilly bei Breitenfeld nicht so versagt, müsste ich mich nicht so beeilen. Doch jetzt befinde ich mich in einer Notlage. Ich muss zu meinem Kommando nach Norden, in die Nähe von Snaefjord.«

»Ich verstehe kein Wort von dem, was Ihr sagt. Doch das geht mich auch nichts an. Nur gibt es in Snaefjord nichts, was ich für die Rückfahrt laden könnte, um auf meine Kosten zu kommen.«

»Ach so!« Bragor holte den Edelstein hervor, den ihm der König von Mälar gegeben hatte. Er wusste, dass der Stein mindestens so viel wert war wie das Schiff, die Mannschaft und noch zehn Sklaven. Ein Blick genügte Bragor und er wusste, dass auch der Kapitän den Wert des Steines erkannt hatte.

»Und noch einen in Snaefjord«, erklärte Bragor. »Nur, ich muss mich beeilen. Es ist Krieg und das Gold liegt überall herum für den, der schnell genug ist.«

Hawk lachte. »Ihr Krieger seid alle gleich. Könnt es kaum erwarten, in den Tod zu rennen. Aber mir soll es recht sein. Führt Eure Pferde an Bord. Wir segeln in Kürze los. Ich werde rasch noch etwas Proviant laden. Auch werden wir noch einen Zwischenhalt machen, damit Eure Pferde sich bewegen können. Dort werde ich weiteren Proviant laden. Je weniger Ballast wir an Bord haben, umso schneller segeln wir. Und auf Schnelligkeit kommt es Euch ja an.«

Bragor nickte. Der Zwischenstopp passte ihm zwar nicht. Aber Kapitän Hawk hatte recht, je weniger Ladung sie hatten, umso schneller segelte das Schiff.

Danach ging es schnell. Hawk besorgte eine breite Planke, damit sie ihre Pferde auf das Schiff führen konnten. Kaum war der Proviant geladen, setzte man auch schon die Segel. Bragor, Nara und Soga bekamen ihre Kajüten direkt neben den Tieren. Hawk hatte ihnen empfohlen, die Fahrt zu genießen und zu entspannen, weil es für sie nichts zu tun gäbe. Er behielt recht. Die Mannschaft war gut eingespielt und der erste Tag verging für Bragor mit schier unerträglicher Langsamkeit. Auch wenn das Schiff gute Fahrt machte, kam es ihm so vor, als seien sie auf der »bleiernen Ente« und nicht auf der »fliegenden Meerjungfrau«.

Zunächst segelten sie an den Bergen entlang, die sich nördlich von Portinho erhoben. Doch als einer aus der Mannschaft zwei kleine Punkte über den Bergen ausmachte, befahl Hawk sofort Kurs auf das offene Meer.

»Verdammte Drachenbrut«, schimpfte er.

»Drachen?«, fragte Bragor.

»Das können nur Drachen gewesen sein«, erklärte Steuermann John Ferro.

»Die sind wie toll. Bei den Bergen ist die Strömung besser und man kommt schneller vorwärts. Aber seit ein paar Jahren greifen die Drachen Schiffe an. Viele gute Seeleute haben dadurch ihr Leben verloren. Es ist sicherer, auf dem offenen Meer zu segeln.«

»Wisst Ihr, warum die Drachen angreifen?«

Ferro schüttelte den Kopf. »Nein. Aber heute spielt doch jeder verrückt. Ihr müsstet es doch am besten wissen. Schnell nach Snaefjord segeln, um einen Trupp Krieger in die Schlacht zu führen. Der Preis spielt keine Rolle. Hauptsache es wird getötet. Aber mir ist es recht. Noch zwei, drei von Euch Kriegern und ich brauche nicht mehr zur See zu fahren.«

Bragor bedankte sich und ging unter Deck. Er musste in Ruhe nachdenken. Über ihre Fahrt, über die Pesttoten und über das, was John Ferro eben so leicht dahingesagt hatte. ›Jeder spielt heute verrückt‹, das stimmte. König Sternenglanz, Phokis auf ihrer Hinreise, die vielen zerstörten Orte und Dörfer auf ihrem Rückweg. König Fairway, der eine fremde Armee in seine Stadt einlud, um eine andere zu zerstören. All dies ergab einen Sinn, wenn man Baldur dahinter vermutete. Aber niemand hatte die Armeen des dunklen Herrschers bisher gesehen. ›Und was ist‹, überlegte Bragor, ›wenn Baldur keine Armeen aufstellt? Wenn er es nicht für notwendig erachtet, weil wir es für ihn erledigen?‹

»Wir haben guten Wind. Morgen werden wir Hålmavik erreichen«, sprach Hawk Bragor ein paar Tage später an.

»Hålmavik?«, staunte Bragor.

»Ja, um Eure Pferde auszuführen und Proviant zu laden. Wie ich es Euch gesagt habe.«

Als Hawk den erstaunten Blick von Bragor sah, erklärte er schnell: »Meine Schwester lebt mit ihrem Mann in Hålmavik. Deswegen bekomme ich den Proviant günstiger. In Portinho bezahle ich den doppelten Preis.«

Bragor nickte nur. Der Kapitän würde eine Überraschung erleben, so viel stand fest. Wie die überlebenden Bewohner auf ihn, Nara und Soga reagieren würden, wagte Bragor sich dagegen nicht vorzustellen. »Wann habt Ihr das letzte Mal Eure Schwester besucht?«

»Ist schon eine Weile her«, antwortete Hawk, »mindestens einen Monat, wenn nicht noch länger. Ich weiß noch, dass mir mein Schwager berichtete, er hätte Feisal von Oranienburg gesehen. Ihr wisst, den weisen Zauberer.«

Bragors Gesicht versteinerte sich, als er den Namen hörte, doch der Kapitän fuhr im Plauderton fort: »Ich kann mich noch genau daran erinnern, wie mein Schwager berichtete, dass Feisal sie vor einer Orkarmee gewarnt hatte, die sich auf dem Weg nach Hålmavik befand. Auch dass Feisal nach Åsgard eilen wollte, um Hilfe zu holen. Dabei hat mein Schwager nur verächtlich geschnaubt und gesagt, dass die Åsgarder unzuverlässige Leute seien. Zwar gute Kämpfer, aber unehrlich und verlogen. ›Verlogen wie ein Åsgarder‹, ist ein Sprichwort in Hålmavik. Aber ich schweife ab. Der König hat sofort seine Krieger zusammengerufen, um sich den Orks zu stellen. Ich hatte Ladung und konnte nicht bleiben. Mal sehen, wie die Sache ausgegangen ist.«

»Euer Schwager wird es Euch berichten.«

Der Kapitän wurde zum Steuermann gerufen. Bragor vermied es zu unken. Er wusste, dass der Bericht anders ausfallen würde, als von Hawk gewünscht. Er wandte sich um und blickte auf das Meer. Was war von Hålmavik noch übrig? Das Feuer war nicht absichtlich gelegt worden, sondern durch einen Zufall ausgebrochen. Allerdings hatten im Kernbereich der Stadt die Häuser zu dicht gestanden. Wie viele waren niedergebrannt? Welchen Schaden hatte das Feuer in den Außenbezirken der Stadt angerichtet?

Nara kam zu ihm. »Was gibt es Neues?«

»Wir fahren nach Hålmavik«, antwortete Bragor leise.

»Gefällt mir nicht«, entgegnete Nara genauso leise.

»Mir noch viel weniger. Erst haben wir es niedergebrannt und jetzt kehren wir zurück. Die Überlebenden werden uns nicht mit offenen Armen empfangen.«

»Meinst du, es gibt welche?«

»Wieso nicht? Das war kein gezielt gelegtes Feuer. Nur im Stadtkern und um den Hafen standen die Häuser dicht an dicht. Zur Stadtgrenze hin wurden die Straßen breiter. Dort werden nicht alle Häuser niedergebrannt sein.«

»Du hast uns aber erklärt, dass Feisal wusste, dass ihr zurück nach Åsgard wolltet«, orakelte Nara.

»Ja?«

»Wohin würden die Überlebenden wohl segeln? Und wer hätte sich, wenn er nicht in die Berge gegangen wäre, den Überlebenden anschließen können, um nach Åsgard zu kommen?«

Bragor sagte darauf nichts. Dafür sprach Nara seine Befürchtungen aus: »Ich werde mit Soga auf jeden Fall aufpassen. Feisal, diesem Verräter, ist alles zuzutrauen.«

Am Vormittag des nächsten Tages konnte Bragor Åsgard nordwestlich von ihnen liegen sehen. Am liebsten hätte er Befehl erteilt, die Insel direkt anzusteuern. Doch er beherrschte sich. Seine Pläne gingen niemanden etwas an. Das Schiff nahm östlichen Kurs, Richtung Hålmavik. Die Berge des Festlandes kamen wieder näher und bald konnte man Einzelheiten an der Küste erkennen.

»Merkwürdig«, murmelte der Kapitän nach einer Weile, »an sich müsste man Hålmavik schon von hier aus sehen.«

Bragor sagte dazu nichts. ›Niedergebrannte Häuser sind aus der Ferne schwer zu erkennen‹, dachte er und blickte zu den beiden Orks, die am Bug standen und aufmerksam die Küstenlinie und die Wasseroberfläche beobachteten. Dann deutete Soga ohne ein Wort zu verlieren nach vorne, und kurze Zeit später sahen es auch die Menschen. Hawk, der die ganze Zeit neben dem Steuermann gestanden hatte, rannte zum Bug. Er konnte nicht glauben, was er sah. Sein Gesicht versteinerte sich. Hålmavik hatte aufgehört zu existieren. Nur Ruinen waren von dem Ort noch übrig geblieben.

»Diese verdammten …«, murmelte Hawk, während das Schiff unbeirrt Kurs auf die Ruinen hielt.

Sie waren noch dreihundert Meter von den Ruinen entfernt, als Nara plötzlich befehlend rief: »Ruder hart Steuerbord!«

Instinktiv reagierte John Ferro.

»Wer hat hier das Kommando?«, schrie der Kapitän wütend zurück. Doch das Manöver war ausgeführt und die *fliegende Meerjungfrau* segelte längs der Küste.

»Der weitere Weg wird durch eine Sandbank blockiert«, kam es ruhig von Nara.

Hawk sprang förmlich zur Reling und sah, dass Nara recht hatte. »Verflucht«, brüllte der Kapitän.

»Soll ich Kurs halten?«, fragte der Steuermann.

»Auf jeden Fall. Ich habe nicht vor, das Schiff auf Grund zu setzen«, antwortete der Kapitän. Und etwas leiser: »Was ist hier los? Was ist hier passiert?«

Bragor sagte nichts dazu. Nara hatte recht gehabt. Feisal hatte ganze Arbeit geleistet. Das Schwert sollte niemals mehr nach Åsgard zurück gebracht werden können. Als Zauberer war es für ihn einfach gewesen, das Feuer anzufachen, um die ganze Stadt niederzubrennen, und vor der Küste eine Sandbank entstehen zu lassen. Das Schiff folgte noch eine Zeit lang der Küstenlinie, ohne eine Möglichkeit zu finden, näher an Hålmavik heranzukommen. Dabei sahen sie, was vom Ort übrig geblieben war. Von den Häusern standen nur noch die Grundmauern. Kein Leben rührte sich in den Ruinen. Es sah aus, als sei die Stadt gebrandschatzt worden. Je länger sie an der Küste entlangsegelten, umso mehr verfinsterte sich das Gesicht des Kapitäns. Keiner wagte noch ihn anzusprechen. Bis sich schließlich der Steuermann ein Herz fasste und fragte: »Kapitän, welchen Kurs soll ich einschlagen? Proviant haben wir noch etwas, aber das Wasser könnte auf dem Weg nach Snaefjord knapp werden.«

»Nimm Kurs auf Åsgard«, sagte der Kapitän düster, dabei warf er John Ferro einen so bösen Blick zu, als hätte er Hålmavik niedergebrannt.

»Aye, aye, Kapitän«, antwortete der Steuermann leise und änderte den Kurs. Bragor atmete ganz langsam ein und aus. Feisal hatte ihnen ungewollt einen Gefallen getan. Dann beobachtete er den Kapitän, der unruhig auf dem Deck herummarschierte und leise vor sich hin fluchte.

Bragor wusste, dass es noch zu früh zum Eingreifen war. Noch waren sie zu weit von Åsgard entfernt. Er wollte dort und nicht schon hier von Bord geworfen werden.

Schnell näherte sich Åsgard. Bald konnte Bragor einzelne Bäume an der Küste voneinander unterscheiden. Kurze Zeit später waren sie so nah, dass man von Bord springen und rüberschwimmen konnte. Jetzt war der richtige Augenblick, um den Kapitän wütend zu machen.

Hawk kam bei seiner Wanderung über Deck wieder auf ihn zu. »Ich hätte mit meiner Mannschaft bleiben sollen«, murmelte Hawk. »Dann wäre ich jetzt zwar tot, aber ich hätte auch ein paar von diesen verfluchten Orks getötet.«

»Hört auf, Euch albern zu benehmen«, fuhr Bragor den Kapitän an. »Der Fürst war ein Idiot und hat dafür bezahlt. Gebt also nicht den Orks die Schuld. Ohne den Fürsten und den niederträchtigen Zauberer wäre Hålmavik nicht gefallen.«

Kapitän Hawk schnappte nach Luft, als er dies hörte. Erst wurde er bleich, dann knallrot. Er wollte losbrüllen, doch Bragor ließ ihn nicht dazu kommen. »Was habt Ihr noch mal gesagt? Der Fürst wollte sich den Orks stellen. Wo wollte er sich ihnen stellen? Wahrscheinlich in ihren Höhlen, in denen er keine Chance gegen sie hatte. Auch war der Fürst so dumm und glaubte den Versprechen eines verräterischen Zauberers. Hätte er nur eine Sekunde nachgedacht, hätte er gewusst, dass dies nur eine Falle sein konnte!«

Bragor hatte gesagt, was zu sagen war. Entweder Kapitän Hawk würde sie jetzt von Bord werfen oder Bragor würde mit den Orks das Schiff übernehmen.

»Was?!«, brüllte Hawk, »meine Schwester, mein Schwager und ihre Kinder sind tot. Ermordet von verabscheuungswürdigen Orks, und Ihr …«

»Ihr könnt weder segeln noch habt Ihr von Taktik eine Ahnung. Seid froh, dass Ihr Kapitän auf einem kleinen Kutter seid und kein großes Schiff befehligt. Stündet Ihr unter meinem Kommando, würdet Ihr den ganzen Tag das Deck schrubben.«

Das war zu viel für den Kapitän. Er holte aus und wollte Bragor schlagen. Doch der hatte mit so etwas gerechnet. Er blockte den Schlag ab, und schlug selbst zu. Der Kapitän flog über das Deck. Augenblicklich stellten sich Nara und Soga mit gezogenen Waffen vor Bragor.

»Noch jemand, der über Taktik diskutieren will?«, fragte Bragor lauernd.

»Wir segeln sofort nach Portinho«, kam es vom Kapitän.

Bragor ging mit dem Schwert drohend auf ihn zu. »Wie war das?«, drohte er und setzte Hawk die Klinge an den Hals. »Glaubt Ihr wirklich, ich hätte ein Problem, Euch und den Rest Eurer verlausten Mannschaft zu töten, um mein Ziel zu erreichen?«

»Mir egal«, kam die trotzige Antwort. »Ich werde dafür sorgen, dass Euch das Essen nicht mehr bekommt, wenn wir zurücksegeln. Dass Ihr Eure eigenen Pferde esst. Hier! Ich will Euer Geld nicht!« Damit warf er Bragor den Edelstein vor die Füße, den er für die Fahrt bekommen hatte.

»Kapitän«, kam es ruhig vom Steuermann. »Snaefjord ist doch von hier aus nicht mehr weit. Mit dem Pferd ist man in wenigen Tagen da. Wir könnten sie doch hier an Land lassen. Niemand kommt zu Schaden und wir segeln in Ruhe zurück.«

»Glaubt Ihr, wir werden von Bord springen?«, fragte Bragor scharf.

»Braucht Ihr nicht«, zischte der Kapitän. »Nicht weit von hier ist eine Stelle, an der wir Euch und Eure Pferde absetzen können. Reitet dann einfach weiter nach Norden, dann kommt Ihr zu Eurem verdammten Kommando.«

»Pass auf, was du sagst«, drohte Bragor, »sonst kommst du nie nach Portinho zurück.«

Dann nahm er das Schwert weg, stellte seinen Fuß auf den Edelstein und mühte sich, nicht zu grinsen. Bis jetzt hatte es besser geklappt als gedacht. Denn dadurch, dass der Kapitän den Stein so wütend nach ihm geworfen hatte, konnte er seine Rolle noch besser spielen. Auch kannte Bragor die Stelle, an der sie der Kapitän von Bord lassen wollte. Trotzdem blieben er, Nara und Soga die restliche Zeit an Bord misstrauisch. Denn dies war die kritische Phase in ihrem Plan.

Doch der Kapitän dachte nicht an Verrat, er hatte etwas anderes vor. Etwas, so dachte er, Gemeineres. Das Schiff ankerte in der Bucht, die der Kapitän ausgesucht hatte. Man ließ Nara, Soga und Bragor mit ihren Tieren in Ruhe von Bord gehen. Kaum waren sie aber an Land, wurde die Planke schnell eingezogen und die Segel gesetzt. Dann rief Hawk ihnen voller Hohn zu: »Habe ich vergessen zu erwähnen: Åsgard ist eine Insel. Viel Spaß bei Eurem Kommando in Snaefjord.«

Die Seeleute lachten laut. Bragor wartete, bis sich das Lachen gelegt hatte. Dann hielt er den Diamanten hoch und rief: »Ich komme nach Snaefjord und sogar günstiger als gedacht. Danke für den Diamanten. Åsgard ist zwar eine Insel, aber auf ihr leben Menschen. Und wie Ihr sagtet, Snaefjord ist nicht weit. Ihr seid noch dümmer als der Fürst von Hålmavik.«

Dann sprengte er mit Nara und Soga los, die Flüche des Kapitäns über Elben und ihre Freunde ignorierend.

Sie ritten den restlichen Tag und die ganze Nacht durch, sie schonten ihre Pferde nicht. Sie waren auf Åsgard, jeder Augenblick zählte.

Am Mittag des nächsten Tages lag das Schloss vor ihnen. Als sie noch zweihundert Meter vom Tor entfernt waren, erschallte der Ruf: »Der Prinz ist zurück. Macht Platz für den Prinzen!«

Mit Soga und Nara sprengte Bragor im vollen Galopp durch das Tor und den Park auf den Eingang des Schlosses zu. Mehr als ein Bewohner des Schlosses musste zur Seite springen. Erst am Eingang zügelten sie ihre Pferde. Leonidas hastete ihnen entgegen. »Mein Prinz«, begrüßte er Bragor. »Der Himmel schickt Euch. Dem König geht es nicht gut. Kommt sofort mit.«

Bragor nickte und eilte mit dem Heerführer durch die vielen Flure und Gänge des Schlosses. Nara und Soga folgten ihnen dichtauf. Die verwunderten Blicke der Schlossbewohner ignorierten sie. War Bragor früher das Schloss zu klein erschienen, so war es für ihn im Moment viel zu groß und die Gänge zu lang. Nach einer Ewigkeit erreichten sie endlich die Gemächer des Königs. Vor dem Zimmer seines Vaters wies Bragor die Orks an zu warten. Dann betrat er mit Leonidas das Zimmer.

Der König lag im Bett und hatte ein eingefallenes Gesicht. Der Prinz sah sofort, wie schlecht es seinem Vater ging. Auch hatte der König gar nicht bemerkt, dass jemand in den Raum gekommen war. Erst als Bragor ihn ansprach, reagierte er.

»Bragor?«, fragte er mit brüchiger Stimme. »Bist du zurück? Geht es dir gut?«

»Ja«, presste Bragor mühsam hervor, sah, wie sein Vater ihn anlächelte, erleichtert aufatmete und starb. Bragor konnte seine Tränen nicht zurückhalten. So hatte er sich seine Rückkehr nicht vorgestellt.

»Sein letzter Wunsch«, drang die Stimme von Leonidas in sein Bewusstsein, »war es, dich noch einmal zu sehen.«

»Heerführer«, hörte Bragor sich sagen, »der Rat muss unverzüglich zusammentreten. Wir brauchen sofort einen neuen König. Ich komme von weit her und bringe katastrophale Nachrichten.«

»Der Rat kann sofort zusammenkommen, mein König«, antwortete Leonidas.

»Nein«, widersprach Bragor, »nur Prinz, nicht mehr.«

»Und ich werde den Befehl geben, jedes Ratsmitglied zu töten, das nicht für Euch stimmt.«

»Wartet lieber ab, was ich zu sagen habe.«

»Hängt es mit den beiden …«

»Orks.«

»Orks?«

»Ja, Orks, meine Leibwächter.«

»Kommt in das Ratszimmer, wann immer ihr könnt. Der Rat wird dort auf Euch warten.«

Bragor nickte und Leonidas verließ leise den Raum. Er wusste, dass der Prinz jetzt Zeit brauchte. Zeit, um die richtigen Worte und Entscheidungen zu treffen. Auch sah Bragor so nicht die Tränen, mit denen er kämpfte. So lange hatte er dem König treu gedient, und jetzt war der König tot. Das Einzige, was Leonidas ein wenig tröstete, war, dass Bragor der nächste König sein würde.

Bragor blieb noch einen kleinen Augenblick bei seinem toten Vater, verabschiedete sich dann und verließ den Raum.

»Wir gehen zum Ratszimmer«, sagte Bragor. Die Orks folgten und wachten dann vor dem Zimmer.

Als Bragor das Ratszimmer betrat, waren die anderen Ratsmitglieder bereits versammelt. Heerführer Leonidas, der Graf Ymir, Graf Bilskinir, Baron Skarnur, selbst Werdandi war erschienen, was Bragor ein wenig überraschte, blieb sie den Ratssitzungen doch sonst fern. Bragor wusste, dass er nach dem Tod seines Vaters heute diese Ratssitzung leiten würde.

»Der König ist tot«, begann Bragor, kaum dass er an seinem Platz war. »Ein schmerzlicher Verlust für Åsgard und für mich als sein Sohn. Doch leider haben wir nicht die Zeit zu trauern. Ein Sturm zieht auf, und wir müssen uns noch heute darauf vorbereiten.«

Dann begann er von ihrer Reise zu erzählen: wie sie die Orks getroffen hatten, welches falsche Spiel Feisal getrieben hatte und vor allem, wer die ganze Zeit über das richtige Schwert von Wigrid getragen hatte und somit rechtmäßiger König war.

»Wollt Ihr damit sagen, mein Prinz«, fragte dann Baron Skarnur verwundert, »dass wir jahrhundertelang von der falschen Familie regiert wurden?«

»Die ihre Sache hervorragend gemacht hat«, warf Graf Ymir zu Bragors Erstaunen ein. »Ja, seid ruhig überrascht, mein Prinz. Ich hatte ein langes Gespräch mit meiner Frau. Ich weiß jetzt, wessen Kind sie unter ihrem Herzen trug. Doch will ich deswegen keine Ansprüche auf den Thron geltend machen, weder für mich noch für meine Nachkommen. Ich hatte sehr viel Zeit zum Nachdenken.«

Dies überraschte nun Bragor noch mehr, galt der Graf doch als selbstsüchtig. Doch dann fiel es ihm auf: Der Graf hatte in der Vergangenheit gesprochen hatte, er hatte *trug* gesagt.

»Leider ist die Gräfin verstorben«, bestätigte Baron Skarnur Bragors Gedanken.

»Das betrübt mich zu erfahren«, erklärte Bragor.

»Für eine Schwangerschaft hatte sie ein zu schmales Becken«, warf Werdandi ein. »Doch sollten wir zum eigentlichen Thema zurückkehren: dem König von Åsgard.«

»Åsgard hat einen König«, stellte Bragor fest. »Er ist im Rat.«

»Nur weil so ein Stück Metall meint, ich sei König, heißt das noch lange nicht, dass ich auch die Krone tragen will«, warf Leonidas wütend ein, der genau wusste, dass er immer ein guter Heerführer, aber niemals ein guter König sein würde.

»Die Krone ist mehr als ein Stück Metall«, widersprach Werdandi. »Aber es stimmt. Der König von Åsgard ist anwesend. Er ist nach langer Reise zurückgekehrt.«

»Ich kann meinen Vorredner nur zustimmen«, meldete sich nun Graf Bilskinir zu Wort. »Wir haben einen König, dessen Familie der Aufgabe seit Jahrhunderten gewachsen ist. Und wenn ich an das denke, was wir eben gehört haben …«

Die anderen Ratsmitglieder nickten zustimmend. Doch Bragor hob die Hand: »Ich danke für Euer Vertrauen, doch ich habe noch etwas zu berichten.«

»Ich nehme an, dies hat mit deinen Narben und den beiden Orks zu tun«, bemerkte Werdandi.

Bragor nickte. »Ich bin nicht nur Prinz Bragor, sondern auch Herzog Sunzi. Ein Fürst der Orks. Und in letzterer Eigenschaft habe ich zwanzigtausend Orks nach Åsgard eingeladen.«

Die Stille, die daraufhin eintrat, war vollkommen. Der Rat, bis auf Werdandi, war perplex. War Bragor auf seiner Reise wahnsinnig geworden? Eine

Streitmacht von zwanzigtausend Orks. Jeder wusste doch, wie Orks sich verhielten.

»Du solltest den Rat nicht so schockieren«, tadelte Werdandi deswegen Bragor, »erst recht nicht als König. Erkläre den anderen erst einmal, welche Orks du meinst. Oder noch besser, bitte deine Leibwache herein.«

Als diese den Raum betrat, wagten die Ratsmitglieder kaum zu atmen. Sie musterten Nara und Soga durchdringend. Die beiden Orks ließen das ruhig über sich ergehen.

»Ork ist in der alten Sprache der Begriff für Kraft und Mut«, erklärte Werdandi dem Rat. »Ursprünglich wurden die Orks von den Vanen zum Schutz der Elben geschaffen. Kämpfer, die ihresgleichen suchen. Von diesen Orks gab es niemals viele. Warum auch, es genügten ein paar Hundert, um eine ganze Armee zu vernichten. Die Wesen, die ihr als Orks kennt, sollten sich, wenn ich in der alten Sprache bleibe, besser Mjuks oder Fegs nennen. Wie mjuk *weich* oder feg *feige*. Wenn diese Orks Schutz auf Åsgard suchen, steht es noch schlimmer um die Welt, als uns Bragor berichtet hat. Und wir tun gut daran, den Kopf einzuziehen, um den Sturm zu überleben.«

Mit dieser Entwicklung hatten die anderen Ratsmitglieder nicht gerechnet. Einige räusperten sich zwar, wussten aber nicht, was sie darauf sagen sollten. Nur Leonidas fragte dann nach kurzem Nachdenken: »Wenn uns militärische Stärke nicht hilft, wie sieht dann der Plan des Königs zum Schutz von Åsgard und der Orks aus? Denn um Schutz geht es doch, wenn sich die besten Krieger selbst nicht schützen können. Wie sollen wir sie dann schützen?«

Bragor schluckte. Nicht, weil er Probleme hatte, seinen Plan zu präsentieren, sondern weil Leonidas ihn König genannt und keiner im Rat widersprochen hatte. Bragor kannte Leonidas gut genug, um zu wissen, dass dies kein Versehen war. Das war seine Krönungszeremonie.

»Welchen Plan hat der König?«, fragte auch Werdandi, um es jedem im Raum deutlich zu machen.

König Bragor räusperte sich leicht und sagte nur: »Skugga Staden.«

»Ares' Geheimnis«, entfuhr es Werdandi.

»Du kennst Skugga Staden?«, fragte Bragor erstaunt.

»Nein. Ich weiß aber, dass Ares hier einen geheimen Platz hat, an den er sich immer zurückgezogen hat, wenn ihm alles zu viel wurde. Er hat den Ort niemals erwähnt, doch ich verstehe andere auch ohne Worte. Und so viel ich verstanden habe, war Ares tief beeindruckt von Skugga Staden.«

»Es ist ein ausgehöhlter Berg. Ich habe mit Ares auf direktem Weg zwei Tage gebraucht, um von einem Eingang zum anderen zu gelangen. Ich denke, dort ist Platz für uns alle.«

»Wir sollen uns wie Zwerge in einem Berg verstecken?«, fragte Baron Skarnur.

»Wir werden uns nicht verstecken«, erklärte Bragor. »Skugga Staden ist eine Festung, die ihresgleichen sucht. Mit zusätzlich zwanzigtausend der wahren Orks an unserer Seite wird jeder Angreifer große Probleme haben, uns zu besiegen. Wir stehen vor folgender Entscheidung: Entweder wir leben weiter wie bisher und sind eine leichte Beute für jede vorbeiziehende Armee. Was das heißt, habe ich auf meiner Reise zur Genüge gesehen. Oder aber wir verteidigen uns mit allen Mitteln, die wir haben. Noch haben wir Zeit, die Bevölkerung in Ruhe nach Skugga Staden zu evakuieren. Wer weiß ‚wie lange noch.«

6. Katesemoto

n der folgenden Woche kam Bragor kaum zum Schlafen. Hatte er gedacht, dass mit der Ankunft in Åsgard das Schlimmste überstanden sei, so war dies ein Irrtum gewesen. Auch wenn der ganze Rat half, seinen Plan zu verwirklichen, gab es für ihn noch genug zu tun.

Baron Skarnur erhielt den Auftrag, sämtliche Schiffe und Boote von Åsgard in Ålesund zu sammeln und mit diesen erst dann über die Naglfarstrait zu segeln, sobald die Orks kamen. Es war einfacher, die Boote in Ålesund zu sammeln, als die ganze Flotte zu ersetzen, wenn ein Sturm diese in der Strait zum Meeresgrund geschickt hatte.

Graf Ymir sollte die Evakuierung der Bevölkerung überwachen. Graf Bilskinir sollte die Verpflegung nach Skugga Staden bringen. Leonidas schützte die Grenzen.

Nara und Soga erhielten die Order, mit einem Trupp Krieger jene Höhle aufzusuchen, in der sie Ares und ihn zum ersten Mal gesehen hatten, während Bragor mit einem anderen Trupp den Eingang durch den See nahm. Anschließend rannte er durch Skugga Staden, ließ an jeder Gabelung Markierungen anbringen und traf die Orks in der Höhle wieder. Danach mussten die Krieger, die die Orks zur Höhle geführt hatten, überprüfen, wie gut die Markierungen waren. Bragor war erst zufrieden, als jeder der Krieger in einem schon genervten Tonfall bestätigte, er kenne den Weg. Dann eilte Bragor mit Soga und Nara den Berg hinab, um mit Werdandi und ein paar Fischern auf die andere Seite der Naglfarstrait zu gelangen, um ihre Verbündeten zu begrüßen. Als die kleine Flotte von vier Booten an der anderen Seite der Strait landete, ging ein müder Bragor von Bord. Jetzt konnte er nur noch hoffen, dass Shûkyô mit den Orks bald kam.

Nachdem sie ihre Zelte auf einem Hügel aufgebaut hatten, begann für Bragor die schlimmste Zeit, das Warten. Ihm fiel so viel ein, um was er sich besser selbst hätte kümmern sollen. Ihm fielen die tausend Kleinigkeiten ein, die schiefgehen konnten. Dinge, die noch zu tun waren. Besonders wegen der Erkundung von Skugga Staden machte er sich Gedanken. Gab es noch andere Eingänge? Wie sollten die vielen Lebensmittel in den Berg kommen? Und erst recht die Menschen, ohne zu schwimmen oder tagelang einen Berg hinaufzuklettern? Dieses waren alles Dinge, um die er sich hätte vor Ort kümmern müssen. Doch der Rat war sich einig gewesen, dass die Orks vom König persönlich begrüßt werden mussten. Bragor hatte das eingesehen, schließlich waren die Orks stolze Krieger und man musste ihnen von Anfang an Respekt zollen. Doch zu warten und sich von Boten den Fortgang der Evakuierung berichten zu lassen, war nichts für Bragor. Am ersten Tag jenseits der Naglfarstrait lief er ungeduldig in der Gegend umher, weil die Orks noch nicht kamen. Er blickte nervös auf das Meer, in der Hoffnung, dass der Bote ihn endlich mit Neuigkeiten aus Åsgard versorgte. Danach eilte er an der Küste entlang, ohne ein klares Ziel zu haben. Vielleicht waren die Orks irgendwo anders eingetroffen. Er hetzte zu ihrem Lagerplatz zurück, um jeden der Fischer, Werdandi, Nara und Soga zu fragen, ob sie etwas gesehen hatten oder wüssten, wo die Orks blieben oder was sich in Åsgard zugetragen hatte.

Als Bragor den nächsten Tag genauso begann, wurde es Werdandi zu viel, sie drohte ihm: »Entweder du rennst nicht mehr wie ein aufgescheuchtes Huhn herum, oder ich befehle den Orks, dich festzuhalten, während ich dir einen meiner Tees einflöße.«

»Ich glaube kaum, dass sich Soga und Nara für so etwas zur Verfügung stellen«, erwiderte Bragor.

»Es war ihre Idee. Sie sind der Meinung, dass du ein Risiko für dich selbst darstellst.«

Bragor fluchte innerlich. Leibwächter hatte er sich anders vorgestellt. Wobei er ehrlicherweise zugeben musste, dass Werdandi recht hatte. Er hatte alles Entscheidende in die Wege geleitet. Er konnte sich auf die Männer im Rat von Åsgard verlassen. Und wenn kein Bote erschien, lag es daran, dass es keine Probleme gab. Jedenfalls keine, mit denen sie auf der Insel nicht fertig würden. Doch er musste sich mit etwas beschäftigen. Um ruhiger zu werden nahm er das Schwert in die Hand und bat Nara und Soga, mit ihm zu üben. Von jetzt an ertrug er das Warten besser. Als am Abend ein Bote erschien, um ihn über den Fortgang zu informieren, konnte er ihm in Ruhe zuhören. Auf Åsgard lief alles nach Plan. Die Bewohner waren zwar ein wenig überrascht von der Entwicklung, vertrauten aber ihrem König.

Der dritte Tag begann mit Regen, trotzdem nahm Bragor die Waffenübungen wieder auf, sie beruhigten ihn. Dabei musste er ständig an seine Kindheit und Jugend denken, als geduldige Lehrer versucht hatten ihm klarzumachen, wie er ein Schwert halten und wie er sich bewegen sollte. Jetzt war es ähnlich. Die Orks versuchten ihm ruhig zu erklären, wo sein Schwert sein sollte und wohin er seine Füße setzen musste. Sie lobten ihn überschwänglich, wenn er es schaffte, ihren Figuren zu folgen. Doch viel öfter schüttelten sie wortlos den Kopf und baten ihn, er solle noch mal von vorne anfangen. Bei den Orks sah alles so leicht und spielerisch aus, bei ihm hingegen …

Am Mittag stürmte eine leichenblasse Werdandi plötzlich aus ihrem Zelt. Sofort waren Bragor, Nara und Soga bei ihr.

»Was ist los?«, fragte Bragor besorgt.

»Das Böse hält auf Åsgard zu! Wir haben keine Zeit zu verlieren. Wir müssen zurück«, entgegnete sie angsterfüllt.

»Das Böse?! Was meinst du damit?«, fragte Bragor.

»Ich kann es dir nicht erklären. Erkläre einem Blinden die Farbe Blau. Ich weiß nur, dass wir sofort nach Åsgard müssen, um unsere Heimat zu verteidigen. Sonst haben wir nichts mehr zu verteidigen.«

»Nein«, entschied Bragor. Ihm hatten die Übungen gut getan. Er konnte wieder klar denken.

»Bitte?« Werdandi konnte es nicht glauben.

»Nein«, wiederholte er so laut, dass es auch die Åsgarder hörten, die herbeigeeilt waren. »Wir warten, wir fahren nicht zurück. Ich werde ein Volk, das womöglich von Feinden verfolgt wird und Schutz auf Åsgard sucht, nicht im Stich lassen.«

Bis auf die Orks blickten Bragor alle entsetzt an. Doch er drehte sich einfach um, ging auf einen Hügel und setzte sich. Werdandi folgte und nahm neben ihm Platz. »Das, was auf Åsgard zuhält, wird die Insel komplett zerstören, wenn wir nicht augenblicklich …«

Der Blick, den Bragor ihr zuwarf, sprach Bände. Kommentarlos verschwand Werdandi in ihrem Zelt. Bragor rief Nara und Soga zu sich. »Wir werden die Boote abwechselnd bewachen. Ich will nicht, dass irgendein Idiot ohne meinen Befehl über die Strait fährt.«

Die Orks nickten und machten sich auf den Weg zu den Booten.

Als die Sonne unterging, saß Bragor immer noch auf dem Hügel und wartete. Er hatte alle Versuche der Åsgarder, mit ihm zu sprechen, ignoriert. Selbst Werdandi würdigte er keines Blickes. Er hatte entschieden und die anderen mussten die Entscheidung respektieren, selbst wenn sie sich als falsch herausstellen sollte. Aber sie war nicht falsch, das wusste er. Denn endlich verstand er, was die Pesttoten und all die anderen getöteten Seelen ihm sagen wollten. Somit gab es nur ein *Böses*, was nach Åsgard fahren würde. Dasselbe Böse, das Shûkyô im Kloster von Ko Chang gespürt hatte. Und das würde Åsgard nicht gleich zerstören.

Als die Sonne ganz untergegangen war, ging er zu Nara und Soga, die nach wie vor die Boote bewachten.

»Zwanzig«, sagte er nur und die Orks verstanden. Es waren zwanzig Åsgarder auf dieser Seite der Strait, zwanzig potenzielle Feinde. Sie verstanden den Befehl, jeden zu töten, der versuchte, eines der Boote zu stehlen.

»Ich übernehme die erste Wache«, erklärte Herzog Sunzi. »Überlegt, wer von euch jetzt ruhen will und wer mit mir wacht.«

Sofort legte sich Nara hin.

Gegen Mitternacht hörte Herzog Sunzi Geräusche, die sich schnell näherten.

»Handelt nach eurem eigenen Ermessen«, befahl Sunzi Nara, der, kaum dass man die Geräusche hören konnte, wach war. Er schritt zum Hügel und starrte in die Dunkelheit. Eine Bewegung neben ihm zeigte, dass Werdandi gekommen war.

»Du hast denselben Dickkopf wie dein Vater, Bragor«, begrüßte sie ihn.

Er lächelte. »Von irgendjemanden muss ich ihn ja haben.«

»Und wenn dies nicht unsere Verbündeten sind?«, fragte sie.

»Dann ist meine Amtszeit vorbei, bevor sie richtig angefangen hat.«

»Das sagst du so gleichgültig.«

»Du solltest doch besser als ich wissen, wann man warten und wann man handeln muss. Erkennst du denn irgendeinen Fehler in meinen Handlungen?«

»Du hättest, zum Beispiel, mehr Krieger mit hernehmen können und nicht alle auf Åsgard lassen. Oder zurück nach Åsgard segeln können.«

»Das Böse hält auf Åsgard zu, schon vergessen?«

»Wie oft wurden Schlachten gewonnen, weil der König, alleine durch seine Anwesenheit, den Kriegern Mut gemacht hat.«

»Und wie oft wurden Schlachten verloren, weil der König sich falsch positioniert hatte und seine Krieger ihn schützen wollten? Leonidas ist auf Åsgard. Er weiß mehr über Taktik als ich. Wenn er mit dem Problem nicht fertig wird, wird es keiner.«

»Also ist entweder Åsgard verloren oder wir hier?«

»Weder noch. Ich weiß, was nach Åsgard fährt, und ich weiß, wer die Reiter sind, die von dort kommen«, antwortete Bragor und ließ Werdandi stehen. Er konnte mittlerweile die ersten Reiter ausmachen. Auch wenn es für seine menschlichen Augen zu dunkel war, um genaue Einzelheiten zu erkennen, hatte er doch längst die Konturen erkannt. Langsam ging er ihnen entgegen. Als die Reiter sahen, dass sich ihnen ein einzelner Mensch näherte, verschärften sofort zehn von ihnen noch mal das Tempo und kamen erst kurz vor Bragor zum Stehen.

»Herzog Sunzi«, begrüßte ihn Shûkyô und stellte ihm den Ork zu seiner Rechten vor. »Dies ist Fürst Katesemoto. Er hat die Orks geführt, solange der

rechtmäßige Tenhô Hideyoshi oder ein anderer Fürst nicht anwesend waren.«
Bragor verbeugte sich und antwortete: »Leider kenne ich die Etikette der
Orks nur ungenügend, auch haben wir keine Zeit dafür. Unsere Feinde
schlafen nicht.«
Auch Katesemoto verbeugte sich, noch tiefer. »Dies hat schon Shûkyô
gesagt. Deswegen bin ich mit einem Teil meiner Truppe vorausgeeilt. Die
anderen werden in einem guten Tag hier eintreffen.«
»Bitte erteilt den Befehl, dass sich die Orks unten am Wasser sammeln«,
entgegnete Bragor. »In kurzer Zeit werden sämtliche Schiffe und Boote eintreffen, die wir in Åsgard haben, um Euch zur Insel zu befördern. Anschließend kommt bitte in mein Zelt, dort werde ich Euch dann meinen Plan für
die Zukunft Åsgards darlegen.«
Katesemoto verbeugte sich und sprengte mit seinem Pferd davon. Bragor
wollte sich wieder Shûkyô zuwenden. Doch der stand bereits vor Werdandi.
»Herzog Sunzi hat nie von Euch erzählt«, sagte Shûkyô.
»Das wundert mich nicht«, antwortete Werdandi. »Wenn ich zwanzig Jahre
alt wäre und langes blondes Haar hätte, hätte er nicht mehr aufgehört, von
mir zu berichten. Aber auch Euch erwähnte er mit keiner Silbe.«
»Auch ich bin keine zwanzig Jahre alt und nicht blond«, entgegnete der
Ork, und beide lachten.
»Würdet Ihr mir bitte in mein Zelt folgen«, mischte sich Bragor in das
Gespräch ein.
»Welch eine Ehre, als ältere, nicht mehr zwanzigjährige Dame in dein Zelt
kommen zu dürfen«, antwortete Werdandi schelmisch.
Kopfschüttelnd wandte sich Bragor ab und ging voraus.

Kurze Zeit später saßen Katesemoto mit zwei weiteren Orks sowie Shûkyô,
Soga und Werdandi im Zelt von Bragor.
»Auf der Welt regiert zurzeit das Chaos«, begann Bragor. »Jeder erhebt sich
gegen jeden. Elben versklaven Elben, und Menschen bitten die einfachen
Orks um Schutz und bezahlen mit Menschenfleisch. Bei den anderen Völ-
kern ist es nicht besser. Jeder kämpft gegen jeden und steht letztlich alleine
da. Baldur hat erreicht, was er wollte, ohne auch nur eine einzige Armee
aufzustellen. Wieso hätte er dies auch tun sollen? Wir haben die Armeen
und wir haben genügend Hass auf unseren Nachbarn, um diesen grundlos
zu erschlagen. Wir können den Sturm nicht aufhalten, wir können nur versuchen ihn zu überleben.«

»Was ist Euer Plan, mein Herzog«, fragte Katesemoto, der Bragor als höheren Fürsten sofort respektiert hatte.

»Wir haben auf Åsgard eine Festung, die ihresgleichen sucht«, erklärte Bragor. »Wir nennen sie Skugga Staden. Diese Festung ist das Gebirge, das Ihr auf der anderen Seite des Sunds seht. Es ist ausgehöhlt und bietet mehr als genug Platz für sämtliche Orks und für die Bewohner von Åsgard. Im Gebirge gibt es unzählige Flussläufe und der Boden außerhalb des Berges, auf der vom Meer abgewandten Seite, ist fruchtbar. Ich bin mir sicher, dass man in begrenztem Rahmen im Berg selbst Nahrung anbauen kann. Wenn jetzt ein Feind kommt, muss er erst einmal anfangen das Gebirge abzutragen, um gegen uns zu kämpfen.«

»Wir verstecken uns unter der Erde wie Zwerge?«, wunderte sich Katesemoto.

»Auf keinen Fall. Ich werde Åsgard nicht aufgeben. Skugga Staden ist nur unsere Festung. Wir werden Patrouillen über die Insel schicken. Bauern werden in der Nähe des Berges Felder bestellen und Vieh züchten. Auch die Fischer werden weiter ausfahren. Die Festung ist nur unsere Rückzugsmöglichkeit im Falle eines Angriffes. Auch werden wir die Bauern in die Kunst des Bogenschießens und des Schwertkampfes einweisen. Unsere Krieger können nicht überall sein.«

»Was ist, wenn der dunkle Lord mit einer Streitmacht anrückt?«, wollte Shûkyô wissen.

»Je größer die Streitmacht, umso früher ist sie auszumachen. Wir werden auf beiden Seiten der Strait patrouillieren. Aber ich bin mittlerweile zu der Auffassung gelangt, dass uns von Baldur keine direkte Gefahr droht.«

Das folgende Schweigen war greifbar.

»Muss ich dich an deine Worte im Kloster erinnern«, fragte Shûkyô, »oder an das, was wir unterwegs erlebt haben?«

»Genau das ist es ja. Die Elben von König Sternenglanz waren sehr mit sich selbst beschäftigt. In Phokis bringen sich die Orks und Menschen gegenseitig um. Und unser Weg nach Süden wurde uns durch eine marodierende Armee versperrt, die nicht von Baldur kam. Wir haben so viel Gewalt gesehen, dass ich nur einen Schluss daraus ziehen kann.«

»Dass wir die Arbeit des dunklen Lords machen«, meldete sich eine leise Stimme aus dem Hintergrund. Alle blickten sich zu Soga um, der gesprochen hatte.

»Richtig«, stimmte Bragor zu. »Eine weitere Armee, die plündernd und marodierend über die Welt zieht, fällt nicht mehr auf. Was hat Baldur also davon, wenn er die Völker mit Krieg überzieht? Nichts! Wir bringen uns schon gegenseitig um. Er braucht nur noch zuzusehen. Vielleicht tritt er sogar mal als Friedensbote auf, damit wir uns nicht komplett ausrotten. In ein paar Jahren können wir uns dann wieder bekriegen.«

Shûkyô sah zu Katesemoto. »Wir haben genügend Krieger auf unserem Weg gesehen. Zum Glück waren es nur kleinere Einheiten, sonst hätten wir kämpfen müssen.«

»Und wir sind nicht die üblichen Wege gegangen«, antwortete er.

»Wenn also nur die Völker verrückt spielen, wie ist dann das Böse zu erklären, was auf Åsgard zuhält?«, wollte Werdandi wissen.

Doch hier lächelte Bragor nur. »Wer sagt dir, dass das Böse von Baldur kommt?«

»Was sind Eure Befehle, mein Herzog?«, wollte Katesemoto wissen.

»Ich möchte, dass der edle Shûkyô, Werdandi sowie die Elite der Orkkrieger mich nach Åsgard begleiten, damit wir uns um das Böse kümmern können. Die anderen sollen hierbleiben und dabei helfen, dass die anderen Orks sicher nach Åsgard gelangen.«

7. FRÜHSTÜCK

ie Fackeln erhellten die kleine Gasse nur unzureichend. Der Boden war voller Blut und übersät mit den Innereien der getöteten Wachen. Einigen fehlte der Kopf, andere waren längs oder quer durchgeschnitten. Ihre Waffen lagen verstreut herum oder steckten in den Körpern ihrer toten Kameraden.

»Also noch mal von vorne«, sagte Mappó zu seinem Untergebenen. »Die Wache des Herzogs sucht sich extra diese dunkle Gasse aus, um sich gegenseitig auf das Grausamste zu massakrieren. Willst du mir das sagen?«

»Ihre Waffen stecken in ihren Kameraden, manche der Toten liegen so zusammen …«

Mappó schüttelte den Kopf. »Weißt du, wie viel Kraft man braucht, um einen Körper waagrecht zu durchtrennen, von der senkrechte Variante mal ganz zu schweigen?«

»Das ist mir schon klar, doch …«, weiter kam der Untergebene nicht. Laute Huftritte hallten durch die Gasse, ein Reiter erschien und brüllte, »Mappó, Mappó, wo ist Mappó?«

»Ich bin hier«, rief der genervt zurück. Konnte er denn nicht einmal eine Sache in Ruhe zu Ende bringen?

Der Reiter hielt auf ihn zu, es war ein Diener von Asrael.

»Ihr müsst sofort zum Schloss«, befahl er. »Steigt hinter mir aufs Pferd, es ist sehr wichtig.«

Mappó schüttelte den Kopf und sagte zu seinem Untergebenen: »Ich habe hier genug gesehen. Beerdigt die Leichen, wir reden morgen früh weiter.« Dann stieg er auf das Pferd und der Reiter sprengte in einem mörderischen Tempo auf das Schloss zu. Mappó wusste, dass Asrael ihn niemals zum Schloss befehlen würde, wenn es nicht wichtig wäre. Es war schon ungewöhnlich, dass ein Bote Asraels und nicht des Herzogs ihm befahl, mitzukommen. Als sie sich dem Schloss näherten, sah er, dass Asrael ungeduldig am Eingang auf ihn wartete. Er war noch nicht richtig vom Pferd gestiegen, als der Magier ihn aufforderte, ihm zu folgen. Das ungute Gefühl von Mappó verstärkte sich. Noch nie hatte Asrael jemanden vom Tor abgeholt. Ohne ein weiteres Wort zu verlieren, hetzte der Magier mit ihm durch die Gänge. Vor dem Zimmer des Herzogs blieb er kurz stehen und erklärte:

»Ich weiß, dass Ihr als Meister der Wache schon viel gesehen habt, doch nicht, was Ihr gleich sehen werdet. Schämt Euch deswegen nicht. Ich weiß, dass Ihr zu den besten Kriegern von Coucy gehört.«

Mappó wurde es immer unheimlicher. Wieso lobte Asrael ihn auf einmal? Dann öffnete der Magier die Tür. Mappó warf einen Blick ins Zimmer und musste sich kurz an Asrael festhalten, als er das Bild des Schreckens sah, das sich ihm bot. Obwohl der Tod für ihn so selbstverständlich war wie das Leben, brauchte er ein paar Minuten, um wieder klar denken zu können. Asrael ließ ihm die Zeit. Das dunkle Haar des Herzogs war schlohweiß, beide Hände umklammerten etwas Metallenes und steckten halb im Brustkorb. Doch das Schlimmste war das Gesicht von Frederic de Coucy, das zu einer einzigen Maske des Grauens verzerrt war. Als ob dem Herzog der dunkelste aller Dämonen begegnet wäre. Es dauerte einen kleinen Moment, bis Mappó begriff, dass die rosafarbene Flüssigkeit, in der der Herzog lag, sein Blut war. Es war nicht tief dunkelrot wie gewöhnlich, sondern hatte einen blassen, fast schon weißlich schimmernden Ton angenommen. Mappó holte tief Luft. Er wusste, was man von ihm erwartete. Langsam ging er zu dem Toten und begann ihn zu untersuchen.

»Seinem Adjutanten erging es noch schlimmer als Euch«, erklärte Asrael, der an der Tür stehen geblieben war. »Deswegen holte er sofort mich. Auch ich habe bei meinen ganzen Opferungen noch nie so einen entsetzten Gesichtsausdruck gesehen.«

»Könnt Ihr mir sagen«, fragte Mappó, »ob das hier nur Blut ist, oder ob es sich mit einer anderen Flüssigkeit vermischt hat?«

»Es ist reines Blut«, entgegnete der Magier. »Auch ich habe keine Erklärung dafür, warum es fast weiß erscheint. Fragt mich bitte nicht, was ein Mensch erleben muss, damit sein Haar oder gar sein Blut die Farbe verlieren. Bis vor Kurzem dachte ich noch, dies sei unmöglich.«

Mechanisch nickte Mappó, auch wenn er nicht richtig zugehört hatte. Ihm war etwas aufgefallen. Er winkte den Magier zu sich und deutete auf die Hände. »Für was würdet Ihr das halten?«

»Das sind die Hände …«, begann Asrael, doch dann verstand er, worauf Mappó hinauswollte. »… das ist nicht möglich. Es war niemals so kalt im Zimmer, dass einem die Hände erfrieren könnten.«

»Genau das sind sie aber«, entgegnete Mappó. »Der Herzog hat sich mit seinen erfrorenen Händen ein Messer in die Brust gerammt.«

»Ihr denkt, dass der Herzog ermordet wurde?«

»Zweifelt Ihr daran?«

»Ich wollte es nicht wahrhaben, darum habe ich auch Euch geholt. Tut mir bitte einen Gefallen: Der Großfürst wird jeden Augenblick erscheinen. Sagt offen, was Ihr denkt. Ich habe keine Ahnung, was hier los ist, doch ich mache mir große Sorgen. Wir dürfen wegen kleinlicher Streitereien nicht irgendetwas übersehen.«

Mappó nickte, auch wenn ihm klar war, dass dies ein taktisches Spiel des Magiers war.

Als der Großfürst erschien, redete Asrael erst einmal eine Weile mit ihm, bevor er ihn zu seinem Bruder ließ. Auch Henric brauchte eine gewisse Zeit, um sich an den Anblick zu gewöhnen.

»Mein Bruder wurde ermordet«, stellte er dann fest.

»Ja, mein Groß …«, begann Mappó, doch Henric fuhr ihn an: »Lass die Etikette. Sag, was geschehen ist!«

Verzweifelt schüttelte Mappó den Kopf. »Ich weiß es nicht. Ich weiß, dass man dem Herzog ein Messer in die Brust gerammt hat, aber wieso sind seine Hände erfroren und sein Haar weiß? Was hat er noch gesehen? Was hat ihn so entsetzt, dass sein Gesicht eine Maske des Grauens ist?«

Der Großfürst schwieg einen kurzen Moment. »Findet es heraus. Ich entbinde Euch von allen anderen Aufgaben. Ihr seid mit sämtlichen Vollmachten ausgestattet, die Ihr benötigt. Nur mir seid Ihr Rechenschaft schuldig, keinem anderen. Beginnt sofort mit der Suche und nehmt keine Rücksicht auf Amt oder Person. Wer nicht reden will, wird gefoltert.«

»Fangt bei mir an«, forderte Asrael. »Fragt mich, was Ihr wollt, untersucht meine Räumlichkeiten. Ich bestehe darauf. Ich will meine Unschuld beweisen. Jeder weiß, dass ich öfters Meinungsverschiedenheiten mit dem Herzog hatte. Dabei ging es mir aber immer nur um die Sicherheit des Hauses Coucy, dem ich bis zu meinem Tode treu ergeben sein werde.«

Zufrieden nickte Henric und wandte sich zum Gehen.

»Mein Großfürst«, rief ihm Mappó hinterher.

»Ja?«

»Ich weiß nicht, ob man es Euch gesagt hat«, erklärte Mappó, »aber in der Unterstadt sind einige Wachen unter merkwürdigen Umständen ums Leben gekommen.«

»Wie bitte?!« Die Stimme von Asrael war schneidend scharf.

»Es war eine Wacheinheit des Herzogs«, fuhr Mappó fort. »Man könnte denken, die Wache hätte sich gegenseitig getötet. Doch die Schläge wurden mit so großer Wucht ausgeführt, dass ich daran offen gesagt nicht glaube.«

»Sondern?« Die Augen des Großfürsten und des Magiers sezierten Mappó förmlich.

»Ich kenne keine Menschen, Elben, auch nicht mal einen Ork, der es schaffen würde, mit einem einzigen Schlag einen Körper von oben nach unten zu spalten. Dafür braucht man die Kraft und Geschwindigkeit eines Trolls, wenn nicht noch eine stärkere. Bei Eurem Bruder ist es dasselbe. Ich gehe davon aus, dass man dem Herzog ein Messer in die Hand gedrückt und dieses auf seine Brust gerichtet hat. Dann wurde es mit so großer Wucht in den Brustkorb des Herzogs gestoßen, dass die Hände zum Teil mit in den Körper eindrangen. Ich habe keine Erklärung für das alles.«

Die Augen des Großfürsten verengten sich zu ganz schmalen Schlitzen. »Wie bereits gesagt, ohne Rücksicht auf Person oder Ansehen ...« Dann verließ er den Raum.

»Was wollt Ihr von mir wissen?«, fragte Asrael.

Mappó schaute ihn kurz verwundert an. »Nichts. Ich bin mir sicher, dass wenn Ihr für den Tod verantwortlich wäret, Ihr es geschickter gemacht hättet. Und nicht so, dass jeder gleich an einen Dämon denkt, wenn er den Herzog sieht.«

Der Magier nickte. »Ich verlange trotzdem, dass Ihr mit ein paar Kriegern meine Räumlichkeiten durchsucht und mich befragt. Ihr wisst sehr genau, wieso ich darauf bestehe.«

Mappó nickte. Es schien so, als hätte der Magier wirklich nichts mit dem Tod des Herzogs zu tun. »Werde ich. Doch verzeiht, erst werde ich mit den Wachen reden, ob sie etwas gesehen haben. Auch wenn ich daran zweifele. Danach ..., aber erst einmal die Wache.«

Ares saß mit Hideyoshi und Sternenmeer beim Frühstück, als ein übernächtigter Mappó den Raum betrat.

»Ihr seht aus, als könntet Ihr ein ordentliches Frühstück vertragen«, begrüßte ihn Ares freundlich.

Mappó überlegte nicht lange, sondern setzte sich und griff zu. Es war spät geworden, doch wie er erwartet hatte, hatte keiner der Wachen etwas gesehen oder bemerkt. Auch das Gespräch mit Asrael und die Durchsuchung seiner Räume hatte nichts ergeben.

»Ihr wisst, dass der Herzog ermordet wurde?«, fragte Mappó, nachdem er seinen ersten Hunger gestillt hatte.

»Dann wären noch die Wachen zu erwähnen, die sich gegenseitig umgebracht haben, sowie drei tote Schauspieler«, antwortete Ares ruhig.

»Ihr seht«, erklärte Hideyoshi, »wir erfahren hier alles.«

»Von den Schauspielern habe ich noch nichts gehört«, sagte Mappó. »Woher wisst Ihr davon?«

»Carlos«, antwortete Ares bereitwillig. »Aufgeregt kam er heute Morgen zu uns und hat uns alles ausführlich berichtet. Den Tod des Herzogs, den der Wachen und den von drei Schauspielern.«

»Was hat er Euch über den Tod der Schauspieler berichtet?«

»Dass man sie in den frühen Morgenstunden fand. Bei allen war das Genick gebrochen.«

»Sonst nichts?«

»Nichts.«

»Dann brauche ich mich, den Göttern sei Dank, nicht noch darum zu kümmern«, erklärte Mappó. Um unvermittelt Hideyoshi und Sternenmeer anzublicken. »Ihr wart gestern Abend beim Herzog, weswegen?«

»Er bat uns, bei einem Ausfall zu helfen«, antwortete Hideyoshi, »den er für heute Nacht plante, nach der Beschwörung des Magiers. Er war der Auffassung, dass es niemand mit den Nachtaugen eines Elben oder Orks aufnehmen könne. Deswegen sollten wir die Truppe führen und sagen, wann und wo sie zuschlagen soll. Vor allem, wann sie sich wieder zurückziehen muss.«

»Und weil Coucy eine so gefährliche Stadt ist, sicherte eine Wachabteilung Euren Weg zur Herberge?«

»Wenn Coucy so sicher ist, wie Ihr sagt«, tadelte Sternenmeer, »wieso gab es dann letzte Nacht so viele Tote?«

Mappó schluckte, während Hideyoshi fortfuhr: »Falls Ihr aber auf die Wache anspielt, die kurz vor uns das Schloss verlassen hat, so wissen wir nicht, wohin sie ging und welchen Auftrag sie hatte. Wir haben uns darüber auch keine Gedanken gemacht. Denn Wachen in einem Schloss zu sehen oder wie sie es verlassen, ist für uns nichts Ungewöhnliches. Doch wenn Ihr wollt, achten wir in Zukunft mehr auf das Verhalten der Wachen und informieren Euch.«

Mappó schluckte seinen Ärger runter. Er wusste, dass er vom Elben und dem Ork nichts erfahren würde. Deswegen wandte er sich an Ares: »Ihr wart den ganzen Abend bei unserem geschätzten Magier?«

»Ja, er brauchte meinen Rat, auch wenn ich nicht weiß, ob er mit diesem etwas anfangen konnte.«

Mappó staunte. Noch niemals hatte der Magier jemanden um Rat gefragt und jetzt hatte er sich an einen Fremdengewandt? Das glaubte er nicht. Zudem spürte er, dass ihm etwas verschwiegen wurde.

»Es wäre besser für Euch, wenn Ihr mir alles sagt, was sich gestern zugetragen hat«, drohte er.

»Also, wir haben noch den Priester, wie heißt er doch gleich …«, begann Hideyoshi.

»Aphophis.«

»… genau, Aphophis, getroffen. Mit ihm waren wir noch einen trinken …«

»Ich kann Euch auch foltern lassen, damit ihr die Wahrheit sagt. « Mappó war es leid, auch hier nur Halbwahrheiten zu hören, wie schon die ganze Nacht.

»Wieso wollt Ihr uns foltern lassen?«, fragte Ares freundlich. »Glaubt Ihr, wir lügen Euch an?«

»Ihr sagt auf jeden Fall nicht die ganze Wahrheit«, brauste Mappó auf.

Hideyoshi nickte verständnisvoll. »Ihr habt vollkommen recht. Doch Eurer Reaktion entnehme ich, dass Ihr ganz genau wisst, dass es keine Rolle spielt, wer den Herzog ermordet hat. Ihr braucht einen Schuldigen, und zwar schnell. Sonst ereilt Euch das gleiche Schicksal wie den Herzog.«

»Auch seid Ihr klug genug«, bestätigte Ares, »nicht den Versicherungen zu trauen, dass Ihr alles und jeden nach Belieben fragen könnt. Lasst mich raten: Asrael war der Erste, der wollte, dass Ihr ihn befragt, und selbstverständlich hat er darauf bestanden, dass Ihr seine Räume durchsucht, um seine Unschuld zu beweisen.«

Der Blick, den Mappó Ares zuwarf, sprach Bände, doch bevor er noch antworten konnte, wandte Sternenmeer das Wort an ihn: »Jetzt tut bitte nicht überrascht, dass mein Freund dies erraten hat. Wir hätten an Asraels Stelle so gehandelt. Denn dass der Herzog und der Magier keine Freunde waren, haben auch wir mitbekommen.«

»Deswegen muss Asrael alles tun, damit der Verdacht nicht auf ihn fällt«, fuhr Ares fort. »Und sollte er den Herzog doch getötet haben, könnt Ihr sicher sein, dass er nicht nur die Tat geplant hat, sondern auch, dass Ihr die Sache untersuchen werdet. Denn was für einen besseren Zeugen für seine Unschuld gibt es, als Euch, der Asrael am liebsten tot sehen würde?«

Mappó gefiel das Gespräch gar nicht mehr. Er war hierhergekommen, um Fragen zu stellen, nicht um mit ein paar Fremden die Politik von Coucy zu diskutieren. Besonders, weil diese ihm einen Schritt voraus waren, was die nächsten Worte von Hideyoshi wieder bewiesen: »Wir sind uns also einig, dass Ihr einen oder mehrere Schuldige braucht. Egal ob sie es waren oder nicht.«

»Und wenn uns Carlos nicht belogen hat«, sagte nun Sternenmeer, »dann waren die Umstände des Todes vom Herzog ungewöhnlich. Somit können normale Menschen nicht die Täter sein.«

»Hört auf mit mir zu spielen«, beschwerte sich Mappó, »und sagt endlich, was Ihr wisst!«

Es klopfte an der Tür. Aphophis betrat aufgebracht den Raum. »Ich habe das mit dem Herzog gehört. Hat uns dieser verfluchte Magier schon so nah an den Abgrund der Hölle gebracht, dass Dämonen hier frei herumlaufen und morden?«

»Guten Morgen, mein lieber Priester«, begrüßte Mappó Aphophis freundlich und wandte sich wieder Ares zu. »Ihr wolltet mir gerade etwas sagen?«

»Sofort«, sagte Ares, »doch bitte geduldet Euch noch ein wenig. Denn mich interessiert, wie lange man braucht, um einen Geist oder Dämon zu rufen?«

»Das hängt von der Größe des Geistes bzw. des Dämons ab«, erklärte Aphophis, sich zu ihnen setzend. »Kleine Dämonen, besser Geister, sind schnell gerufen. Selbst ich könnte jetzt ein paar weiße Gestalten über Eure Köpfe fliegen lassen und wir alle hätten viel Spaß. Doch für die großen Geister benötigt man Zeit. Dies kann Wochen dauern. Ich mache es mal an einem Beispiel deutlich. Bevor ich einen Beelzebub rufe, muss ich mich vor ihm schützen. Denn er kann sich auch gegen mich wenden. Also baue ich erst einmal Schutzzauber auf und beginne den Ruf erst, wenn diese Zauber stehen. Anschließend stehe ich vor dem Problem, den Beelzebub zu überzeugen, zu mir zu kommen. Glaubt bloß nicht, dass das einfach ist. Der Beelzebub kommt nicht, nur weil ihm irgendjemand geopfert wird, dessen Seele er dann besitzen könnte. Denn hat der Mensch seine Seele schon einem anderen Dämon versprochen, hier gefällt mir der Begriff *Gott* besser, wird dieser Besitzer Ansprüche geltend machen. Und dieses Risiko wollen die meisten Dämonen nicht eingehen. Sie haben andere Wege, uns Menschen zu verführen. Um bei meinem Beispiel zu bleiben: Der Beelzebub würde nicht kommen, nur weil ich ihm eine Jungfrau opfere. Das Einzige, was ich durch solche Opferungen erreiche, ist, dass ich kleine und schwache Dämonen anlocke, die nichts zu verlieren haben oder noch nicht so viel Erfahrung besitzen. Auch ist es wichtig, jede Beschwörung abzuschließen. Denn es können auch andere Dämonen durch das Tor kommen, gegen die ich keine Schutzzauber habe.«

»Wenn ich also einen großen Dämon rufen will, brauche ich ein besonderes Opfer?«, fragte Sternenmeer.

»Ohne Euch beleidigen zu wollen«, antwortete Aphophis, »aber für Dämonen macht es keinen Unterschied, ob ich nun einen Menschen, einen Elben oder einen Ork opfere. Ihre Seelen sind viel zu ähnlich. Und für große Dämonen viel zu unbedeutend.«

»Und wie sieht es bei zwei Satyren aus?« Ares lies nicht locker. »Mit einem Satyrmann und einer Satyrfrau?«

»Das darf man nicht«, flüsterte Aphophis, »damit opfert man nicht nur die Natur. Das ist so abwegig von allem Denkbaren …« Aphophis trank schnell einen Schluck, bevor er fortfuhr: »Satyre leben normalerweise alleine. Die Wälder und die Natur genügen ihnen. Wenn sich jetzt zwei Satyre zusammentun, dann nur, um Nachwuchs zu zeugen. Das geschieht sehr selten, denn selbst Elben haben eine kurze Lebensspanne, verglichen mit Satyren. Opfere ich nun ein Satyrpaar, opfere ich dem Dämon nicht nur die Natur, sondern auch die Unschuld des Lebens.«

»Und welche Dämonen kann ich mit so etwas rufen?«

»Fragt besser, welche nicht. Selbst die größten Dämonen werden sich nach so etwas, im übertragenen Sinne, die Finger lecken.«

Schweigen breitete sich im Raum aus, dann räusperte sich Mappó ungeduldig: »Das sind alles interessante Geschichten. Aber könnten wir wieder über den Mord am Herzog sprechen?«

»Wir sind die ganze Zeit dabei«, antwortete Ares. »In der Stadt befinden sich zwei Satyre, die Asrael heute Abend opfern will.«

»Bei den Göttern!« Aphophis wurde kreidebleich. »Wisst Ihr, welche Dämonen man damit rufen kann?«

»Ihr denkt«, mischte sich Mappó ein, »dass so ein Dämon, den der Magier gerufen hat, hier herumläuft und den Herzog getötet hat?«

»Das ist unmöglich«, erklärte Aphophis ärgerlich. »Ihr habt mit nicht zugehört. Mit einer Beschwörung rufe ich immer nur einen Dämon. Und wenn ich das Ritual richtig vollziehe, bestimme ich den Ort und die Zeit, wann der Dämon erscheint. Nur wenn ich den Ruf nicht richtig ausführe, vorzeitig abbreche oder sonst einen Fehler mache, können andere Dämonen erscheinen. Oder mein Dämon erscheint nicht dort, wo ich ihn haben will. Und da Asrael den Dämon gerufen hat, können wir Fehler ausschließen.«

»Es wäre gut, wenn Ihr die Satyre als Täter für den Mord am Herzog präsentiert«, sagte Ares.

»Die Satyre haben ihn aber nicht getötet«, entrüstete sich Mappó. »Das weiß selbst ich.«

»Ihr werdet den oder die Täter niemals finden«, erwiderte Ares und legte Mappó die Situation, in der er sich befand, noch einmal dar: »Nehmen wir an, der Magier hat den Herzog getötet. Wie lange glaubt Ihr dann noch zu leben? Man wird Euch keine Chance geben, es zu beweisen. Bei jedem anderen aus dem Königshaus ist es genauso. Bevor Ihr den Verdacht richtig artikuliert habt, seid Ihr schon tot. Also denkt nach.«

Mappó nickte langsam. Er sah ein, dass Ares recht hatte. Trotzdem weigerte er sich, die Konsequenzen daraus zu ziehen. »Ich kann doch keine Unschuldigen einsperren und hinrichten lassen.«

»Wir werden alles versuchen, um genau dies zu verhindern, doch zumindest könnt ihr bis heute Abend den beiden und Euch das Leben retten. Ihr kennt die Gerüchte über Satyre und wisst, was die Menschen von ihnen halten. Welche besseren Schuldigen könntet Ihr präsentieren? Das alles ist auch nur bis heute Abend, danach ist es sowieso egal.«

Es war der letzte Satz, der Mappó aufhorchen ließ. Vor allem wie ihn Ares gesagt hatte.

»Ihr habt etwas Bestimmtes vor?«, fragte er.

»Ich weiß, welchen Dämon Asrael beschwören will«, stimmte Ares zu, »und um die Stadt zu retten, brauche ich die Hilfe von den Satyren, von dir, Aphophis, und auch von Ihnen, Mappó.«

Dann erläuterte er seinen Plan.

8. Nachtmahl

s ging auf Mitternacht zu. Die beiden Monde tauchten den Platz in ein unwirkliches blaues Licht. Dünne Nebelschwaden waberten über den Platz, den unzählige Fackeln zu erhellen versuchten. Jedes Mal, wenn eine einzelne Nebelschwade nah an eine Fackel kam, fing das Feuer der Fackel an wie wild zu flackern, als ob es Schmerzen leiden würde. Das gelb-rötliche Licht des Feuers nahm einen giftgrünen Ton an, der die Augen marterte. Das Holz der Fackeln gab einen heulenden Ton von sich, der in den Ohren schmerzte. Die Schatten der Häuser waren auf das Absonderlichste verzerrt. Sie kreierten Formen, Muster, Polygone, die dem Betrachter Angst einflößten, ihm klar machten, dass sich kein natürliches Lebewesen, hier aufhalten sollte.

Trotzdem standen die Menschen von Coucy dicht an dicht auf dem Platz. Genossen den Grusel, ihre Angst und die Gänsehaut jedes Mal, wenn eine Fackel vor Schmerz aufstöhnte oder das grüne Licht ihre Augen quälte. Ihr Magier hatte sie eingeladen Zeuge zu werden, wie er zwei Satyre, die Mörder des Herzogs, opferte. Sie wollten dabei sein. Was sollte ihnen schon passieren? Fasziniert blickten sie hinauf auf die kleine Opferpyramide, die in der Mitte des Platzes errichtet worden war und auf deren Spitze der Altar stand. Nur wenige auf dem Platz hatten die beiden Satyre gesehen, die geopfert werden sollten, und die wenigen hatten sich gewundert, wie ruhig die beiden wirkten. Als ob sie geopfert werden wollten. Man musste sie nicht einmal fesseln. Jeder, der sie sah, war sicher, dass dies an den drei Söldnern lag, die mit dem Magier gekommen waren und jetzt wie Statuen des Krieges neben dem Altar standen und sich nicht bewegten.

Ares blickte teilnahmslos auf den Platz hinab. Er wusste, dass Mappó alles Mögliche unternommen hatte, damit heute Nacht niemand hierherkam. Doch die Gier nach Blut war viel zu groß. Es wären noch mehr Menschen gekommen, wenn der Platz größer gewesen wäre. So blickte Ares auf die Menge hinab und überlegte, wie viele der Tausenden die Nacht überleben würden. Viele würden es nicht sein.

Der Hochadel von Coucy hatte sich auf der Spitze der Pyramide eingefunden. Der Großfürst, seine Tochter, Giuseppe von Zafon und noch einige andere, die mit eigenen Augen sehen wollten, wie das Leben aus den Körpern der Satyre entschwand. Auch Aphophis war gekommen. Er hatte den ganzen Tag den Satyren geholfen, sich auf den Abend vorzubereiten. Sie waren froh darüber, dass Ares ihnen gesagt hatte, welchen Dämon Asrael rufen wollte. Denn so konnten sie sich besser schützen. Carmen de Compostela von Navora war nicht erschienen. Man musste sie nicht überreden, dem Platz fern zu bleiben. Sie wartete mit einigen Freundinnen, Verbandszeug und heißem Wasser, um die Wunden der Krieger zu waschen, die heute Nacht einen Ausfall wagten.

Angewidert beobachtete Ares den Gesang und den Tanz von Asrael. Die Bewegungen des Magiers wurden immer hektischer. Sein Gesang glich immer mehr einem Kreischen. Die vereinzelten Nebelschwaden ballten sich immer stärker zusammen, bis es nur noch eine große Nebelbank gab, die den Platz in ein giftgrünes Licht tauchte. Das Flackern der Fackeln wurde immer unruhiger, die Schatten begannen sich auf die Menschen zu stürzen, als wollten sie diese verschlingen. Und die Menschen genossen den Grusel und die Gänsehaut, die sie hatten, wenn ein Schatten sich auf sie stürzte. Wie die Piraten auf einer fernen Insel ahmten manche den Gesang von Asrael nach, während andere vor Lust schrien.

Ares warf einen Blick zu Hideyoshi hinüber. Kein Muskel zuckte bei ihm. Doch Ares wusste, dass sein Freund nur darauf wartete, sich in eine Kampfmaschine zu verwandeln, die ohne Rücksicht auf das eigene Leben alles und jeden tötete. Ares spürte noch etwas. Es war ein vertrautes Gefühl, das ihn in letzter Zeit immer mehr dazu antrieb, sein Schwert zu ziehen und jene Kreaturen zu töten, die es verursachten. Magoogs kreisten über der Stadt – weit oben, dort wo die Menschen sie nicht wahrnahmen. Doch sie waren da. Ares blickte zu Sternenmeer, der ihn anlächelte, den Bogen hob und so tat als wolle er in den Himmel schießen. Er spürte sie auch.

Plötzlich schrie das Feuer der vielen Fackeln in wilder Verzweiflung auf und erlosch. Grünes Licht begann zu pulsieren und malträtierte die Augen der Betrachter. Ein schreckensbleicher Asrael starrte auf Ares und stöhnte: »Etwas stimmt nicht.«

»Mach weiter«, knurrte Hideyoshi, »wir haben keine Lust auf eine Armee von Dämonen.«

»Aber …«, weiter kam Asrael nicht, denn Ares hielt ihm das Schwert an die Kehle. »Mach weiter, hol deinen Dämon und schließ das Tor, oder fahr nach Hel.«

»Ich bin fertig«, wimmerte Asrael. »Doch es ist anders, so anders …«

Ares gab seinen beiden Freunden ein Zeichen. Zum ersten Mal sah Asrael Ares und Hideyoshi richtig, nahm er Sternenmeer wahr. Doch wagte er es nicht, sich zu bewegen. Er hatte Angst. Eine Angst wie noch nie in seinem Leben. Selbst das Erlebnis auf der Insel, als er den Obadja gegen den Marduk kämpfen sah, war nichts dagegen. Er hatte Angst vor Ares, Angst vor Hideyoshi und besonders vor Sternenmeer – den er erst wahrgenommen hatte, als er mit den anderen zu der Pyramide gekommen war. In seinem ganzen Leben hatte es niemand geschafft, ihn zu täuschen. Bis auf jenes Wesen, das einem Elben nachempfunden war. Asrael war sich nicht mehr sicher, ob er es wirklich mit einem Menschen, einem Ork und einem Elben zu tun hatte. Etwas Dämonisches, Diabolisches ging von ihnen aus. Als hätte der Herr der Hölle sie persönlich geschickt, um über Coucy herzufallen und die Stadt zu vernichten. Dann fiel es Asrael auf. Er hatte den Begriff vor Jahren in einem vergilbten Pergament gelesen: Hel! Ares hatte *Hel* gesagt. Der Legende nach gab es nur ein Volk, das den Begriff Hel für die Hölle verwendete: Die Menschen von Åsgard, die angeblich das Schwert von Wigrid besaßen, um den dunklen Herrscher Baldur persönlich herauszufordern. Die Beine versagten Asrael den Dienst. Es war noch schlimmer gekommen als auf der Insel. Nur Dämonen konnten Dämonen töten. Und nur die schlimmsten aller Dämonen konnten es wagen, sich mit dem dunklen Herrscher zu messen.

Der Nebel begann immer schneller um den Platz zu rotieren, er leuchtete in allen Spektralfarben, zog die Menschen immer stärker in den Bann, schoss durch diese hindurch.
Dann begann der Nebel sein Spiel. Zuerst sahen die Menschen anstelle des Gesichtes ihres Nebenmannes seinen fleischlosen Schädel oder sein Gerippe. Der Nebel zog weiter und der Nebenmann sah aus wie immer. Die Ersten lachten, dann fingen die Schreie an. Die verzweifelten, in höchster Todesqual ausgestoßenen Schmerzensschreie. Der Nebel fraß sich durch das Fleisch, zog an der Haut und zerfetzte diese. Die Menschen spürten, wie der Nebel in sie eindrang und ihre inneren Organe ganz langsam nach außen drückte oder zerquetsche. Panik breitete sich auf dem Platz aus. Keiner konnte mehr klar denken. Wie toll begannen die Menschen im Kreis über den Platz zu rennen, ohne Rücksicht aufeinander. Wer nicht schnell genug oder stark genug war, wurde zur Seite gestoßen. Stürzte einer, wurde er von den anderen zu Tode getrampelt. Keiner von ihnen kam auf die Idee, den Ort über eine der vielen leeren Gassen zu verlassen, die zum Platz führten. Nicht einmal die, die vor ihnen gestanden hatten. Das Sterben begann. Auf dem Höhepunkt der Panik erschien er. Auf einmal stand er mitten auf dem Platz. Drei Meter hoch, mit mehreren Beinen, die alle in tödlichen

Klauen endeten. Ein Kopf war nicht zu erkennen. Sein ganzer Körper war voller Augen und gieriger Münder mit scharfen Zähnen. An den Stellen, an denen keine Augen, Münder oder Beine waren, befanden sich Tentakel, die sich peitschenartig bewegten und mit denen er die Menschen mit einem Schlag zerteilte, ergriff, um deren Seele sich einzuverleiben. Dann bewegte sich der Obadja auf den Opferstein zu. Er war erschienen und er verlangte jetzt sein Opfer, die beiden Satyre.

Weder Ares noch Hideyoshi oder Sternenmeer zögerten noch eine Sekunde. Während in blitzschneller Folge mehrere Pfeile den Bogen von Sternenmeer verließen, rannten Hideyoshi und Ares schon dem Obadja entgegen. Dies war das Zeichen für die beiden Satyre. Sie sprangen vom Opferstein, ergriffen Aphophis und brachten sich in Sicherheit. Niemand hinderte sie daran. Zu gebannt starrten alle auf den Obadja, zu schrecklich war der Anblick des Dämons. Die Ersten verloren ihren Verstand. Als Ares, Hideyoshi und nur einen Lidschlag später Sternenmeer den Obadja erreichten, trennten ihre Schwerter die Tentakel einzeln ab. Eine blutige Schneise schlagend, näherten sie sich dem Körper der Höllenkreatur. Der kämpfte zwar mit der Geschwindigkeit eines Dämons, doch Ares, Hideyoshi und Sternenmeer waren ihm überlegen. Der Obadja verlor immer mehr Tentakel. Immer hektischer griff er nach Menschen, um sich die Seele einzuverleiben, damit er kämpfen konnte gegen diese drei Dämonen, die ihm so sehr zusetzten. Doch so groß und schnell der Obadja war, gegen die Waffe, die Baldur geschickt hatte, hatte er keine Chance. Mit jedem Tentakel, den er verlor, konnte er eine Seele weniger essen. Dann konnten Ares, Hideyoshi und Sternenmeer ihre Schwerter direkt gegen den Leib des Dämons richten und begannen diesen von vorne bis hinten aufzuschlitzen. Der sterbende Obadja schrie seinen Todesschmerz hinaus. Viele der verwundeten Menschen auf dem Platz starben nur aufgrund dieses Schreies. Erst als der Obadja sich aufzulösen begann und in die Nichtwelt verschwand, aus der er gekommen war, hielten Ares, Sternenmeer und Hideyoshi inne. Der Nebel war verschwunden, als sei er niemals da gewesen. Die Reihen der Menschen auf dem Platz hatten sich merklich gelichtet, trotzdem schätzte Ares, dass die Hälfte noch lebte – noch.

Ganz langsam drehten sie sich um und gingen auf den Magier, den Großfürsten und die anderen Adligen zu. Die Überlebenden machten ihnen augenblicklich Platz. Keiner wollte ihnen zu nahe kommen. Als Asrael und Henric die drei auf sich zukommen sahen, wurde ihr Haar schlohweiß, und Asrael begann zu wimmern: »Nein, lasst das, Ihr wisst nicht, was passiert, wenn Ihr …«

Ares' Messer drang in das Herz von Asrael ein, gleichzeitig schlug er ihm den Kopf ab, während Hideyoshi den Großfürsten köpfte und Sternenmeer die Tochter. Ein rotes Leuchten erhellte die Nacht, vermischte sich mit einem blauen und der Körper von Asrael explodierte. Wieder kam Nebel auf, dicker, schwerer Nebel, der alles zu verschlingen begann. Niemand sah weiter als fünf Schritte.

»Teil zwei unseres Planes?«, fragte Sternenmeer.

Ares grinste den Elben an. »Baldur hat uns hierhergeschickt, um Dämonen zu töten. Also töten wir Dämonen und fangen gleich mit den Magoogs an.« Sie lachten ein lautes, dämonisches Lachen und als Antwort auf das Lachen schoss der erste Magoog vom Himmel herab. Ließ seinen Schrei erschallen, der den Lebenden das Blut in den Adern gerinnen lassen sollte. Sie wollten Rache nehmen für ihre toten Artgenossen.

Die Menschen auf dem Platz, die gehofft hatten, dem Tod und dem Horror gerade noch einmal entkommen zu sein, konnten sich vor lauter Angst nicht mehr bewegen. Und die wenigen, die noch nicht wahnsinnig geworden waren, verloren nun ihren Verstand. Denn jetzt erschienen die Dämonen, die Asrael in der Nichtwelt gefangen gehalten hatte, und stürzten sich auf sie, um ihre Körper zu zerschmettern, zerschneiden, zerfetzen und sich an ihren Seelen zu laben.

Sternenmeer griff zu seinem Bogen und schoss. Der erste Magoog fiel tot vom Himmel, lag mit verrenkten und gebrochenen Gliedern auf dem Platz. Ares und Hideyoshi griffen nach ihren blutigen Schwertern und griffen die Dämonen an. Ares stellte sich seinem Lieblingsfeind, einem Frosch mit mörderischen Reißzähnen. Hideyoshi attackierte gerade einen Baal, als zwei Magoogs ihn angriffen. Einen konnte Sternenmeer noch töten, doch der andere schnellte auf den Ork zu, seine Beine vorgestreckt, um ihm mit seinen scharfen Krallen den Rücken zu zerfetzen. Hiedeyoshi spürte die Gefahr, ließ sich in letzter Sekunde zu Boden fallen, dann war der Magoog da und prallte gegen den Baal. Die Krallen des Magoogs drangen tief in den Dämon ein, der Schwung trug beide noch ein paar Meter weiter, bevor sie mit verrenkten Gliedern liegen blieben. Sofort war Hideyoshi bei ihnen und tötete sie mit zwei schnellen Hieben. Hatten die Satyre den Kampf gegen den Obadja von einer Seitenstraße aus noch verfolgt, ergriffen sie nun Aphophis, der sich vor Angst und Panik nicht bewegen konnte, und flohen von dem Ort des Schreckens weit in die Stadt hinein. Denn auf dem Platz hatten sich sämtliche Dämonen der Hölle versammelt, um von drei noch schlimmeren Dämonen in der Gestalt eines Orks, eines Elben und eines Menschen vernichtet zu werden. Die Satyre hatten erkannt, dass auf dem Platz der Tod gegen den Tod kämpfte und kein Platz für das Leben war.

Ares kämpfte mit seinem Schwert in der einen und einem langen Messer in der anderen Hand. Gegen seine Geschwindigkeit und die Waffen hatten die Dämonen keine Chance. Einer nach dem anderen starb. Er machte sich einen Spaß daraus, Magoogs, die zu tief flogen, einen Flügel abzuschlagen. Es freute ihn zu sehen, dass sie dann nicht mehr fliegen konnten. Wie sie verzweifelt versuchten Höhe zu gewinnen, um doch nur an einer Häuserwand zu zerschellen. Gerade hatte er wieder einem Magoog den Flügel gestutzt. Er freute sich, als er sah, wie die Kreatur gegen eine Säule flog und sich das Genick brach. Doch dann blieb Ares das Lachen im Halse stecken. Die Säule wankte und begann zu fallen – direkt auf Sternenmeer, der hinter ihr ein paar Ghoule tötete. Ares kam nicht einmal mehr dazu zu rufen, so schnell fiel die Säule um und begrub den Elben unter sich. Für den Lidschlag eines Augenblickes konnte Ares sich nicht bewegen. Das konnte nicht sein! Das durfte nicht sein. Das war falsch! Doch dann wirbelten sein Schwert und sein Messer nur noch durch die Luft, während er zu der umgefallenen Säule eilte. Doch es war zu spät, Sternenmeer war tot. Er lag zerquetscht unter der Säule. Ares spürte, wie er innerlich zu Eis erstarrte. Er wollte nicht glauben, dass Sternenmeer tot war. Vor allem nicht, dass er durch seine Schuld den Tod gefunden hatte. Wie in Trance blickte er sich um. Sah, wie die Dämonen sich an den Menschen labten, wie Hideyoshi einen nach dem anderen tötete. Er sah, wie ein Romfa kampfbereit auf ihn zukam.

Ares ließ sich Zeit. Er hatte es nicht mehr eilig. Er steckte seine Waffen weg. Mit einem Romfa hatte seine Freundschaft mit Sternenmeer begonnen, so sollte sie auch enden. Doch mit dem Romfa stimmte etwas nicht. Zuerst war er auf Ares zugeschossen, hatte ihn als Opfer erwählt, doch keine drei Schritte vor Ares blieb er stehen, blickte ihn an und wollte fliehen. Ares lies dem Dämon keine Chance, blitzschnell hatte er einen Tentakel geschnappt und zog die sich verzweifelt wehrende Kreatur zu sich heran. Seine Faust schoss durch das Auge und tötete den Dämon sofort. Dann warf er den sich auflösenden Kadaver achtlos zur Seite und wandte sich dem nächsten Dämon zu. Viele lebten nicht mehr. Die wenigen, die noch lebten, flohen, sobald sie seiner gewahr wurden. Keiner wagte sich mehr in seine Nähe, zu groß war der Schrecken, den er verbreitete.

Der Nebel begann sich aufzulösen und der Platz erstrahlte hell im Licht der Monde Pluto und Charon, die, wie in einem makaberen Theaterstück, die abgetrennten Körperteile und die herausgerissenen Gedärme anstrahlten.

Ares atmete tief durch. Er versuchte einen klaren Gedanken zu fassen. Sich damit zu trösten, das Sternenmeer einen schnellen Tod hatte. Dann hörte er, wie eine schwache Stimme seinen Namen rief.

Als er in die Richtung der Stimme blickte, hatte er das Gefühl, als würde ihm ein glühendes Schwert durch den Körper getrieben und dort ganz langsam herumgedreht. Hideyoshi saß mit dem Rücken zu einer Wand. Seine Beine waren gebrochen und mit einer Hand versuchte er, die Eingeweide in seinem Körper zu halten. Er musste unter unerträglichen Schmerzen leiden, trotzdem lächelte er Ares zu.

»Hideyoshi!« Verzweifelt sprang er zu seinem Freund, dem Ork.

»Was ist das eigentlich für eine Flüssigkeit, die euch Menschen ständig aus den Augen läuft, bist du krank?«, fragte Hideyoshi besorgt.

»Das ist …«, doch weiter kam er nicht, ein Schluchzen entrang sich seiner Brust. Nicht noch das. Nicht Hideyoshi, der beste aller Orks. Sein guter, lieber, alter Freund.

»Das Letzte habe ich leider nicht verstanden«, sagte Hideyoshi, so als ob sie wieder in Phokis wären, bei Swanhild.

»Wenn wir die Welt nicht mehr sehen wollen«, presste Ares mühsam hervor, »dann verlieren unsere Augen Wasser.«

»Das verstehe ich nicht. Hast du vergessen, was ich dir gesagt habe, als wir unseren ersten Magoog getötet haben? Allein der Mut, sich einem von ihnen zu stellen, reicht aus, um Einlass in die Halle der Götter zu finden. Doch wie viele haben wir getötet? Wir haben die Dämonen gejagt, den größten aller Dämonen herausgefordert, was sollen wir noch mehr machen? Bevor ich dich eben sah, bin ich langsam in das andere Reich hinübergeglitten, und dort habe ich sie gesehen: alle meine Ahnen, meinen lieben Bruder, meinen großzügigen und edlen Vater und meine über alles geliebte Mutter, deren Eltern – bis zu den ersten Orks. Und alle wollen mir ihren Respekt erweisen, weil ich dank deiner Hilfe ein Leben führen konnte, das eines Orks würdig ist. Wir waren nicht immer erfolgreich, aber wer ist das schon? Wir haben getan, was in unserer Macht stand. Bitte hilf mir, dass meine Ahnen nicht länger warten müssen.«

Entsetzt wich Ares ein Stück zurück. Das konnte Hideyoshi doch nicht ernsthaft von ihm verlangen, dass er ihn jetzt hier tötete.

»Du hast ein Problem damit«, stellte Hideyoshi nüchtern fest.

»Du bist mein Freund, ich kann doch nicht meinen Freund …«

Nachsichtig nickte der Ork und Ares sah sich die Wunden noch einmal genauer an. Die Gedärme drückten sich immer weiter hinaus. Jeder Mensch hätte nur noch geschrien und sich nicht unterhalten wie bei einem Glas Bier. Ares holte sein Messer und sah das freudige Glitzern in den Augen von Hideyoshi.

»Wenn du deine Reise antrittst«, sagte Hideyoshi noch, »wisse eines, mein lieber Freund: Der beste Platz an meiner Tafel ist immer für dich reserviert.«

Ares umarmte ihn, wollte noch etwas sagen, schaffte es aber nicht.

Dann nahm er sein Messer und stieß es dem Ork ins Herz, der mit einem glücklichen Lächeln auf den Lippen und einem Seufzer der Erleichterung starb.

9. Heimkehr nach Åsgard

er Wind trieb das kleine Boot zügig vorwärts. Land war seit Tagen nicht mehr in Sicht gewesen, nur Wasser, Wasser, wohin das Auge blickte. Aber das war IHM egal. ER wollte nur noch nach Hause, nach Åsgard. Noch einmal, ein einziges Mal seine Freunde und Familie sehen. In Ruhe durch das Schloss oder die Wälder gehen. So tun, als ob nichts geschehen wäre. Als ob alles nur ein böser Traum gewesen war, aus dem er nun erwachte.

ER spürte die klare, kalte Luft auf seiner Haut, genoss es, wie die Gischt ihm das Gesicht erfrischte und ihn langsam in die Wirklichkeit zurückholte. Es fiel ihm schwer, sich daran zu erinnern, was in letzter Zeit passiert war. Alles verschwamm in einem undurchdringlichen Nebel. Er wusste nicht, was Realität oder Traum war. In dem Moment, in dem er Hideyoshi das Messer in die Brust gestoßen hatte, verlor die Zeit ihre feste Größe und verschwamm. Ab da glich alles einem wirren Traum, in dem es kein oben und kein unten, weder rechts noch links gab. Ein Traum, in dem er nur ein zufälliger Beobachter gewesen, nicht aber die Hauptperson war. Zwei Wesen, er hatte Schwierigkeiten, sie als die Satyre zu erkennen, waren gekommen und hatten ihn sanft von seinem toten Freund weggezogen. Irgendeine Stimme wisperte in seinem Hinterkopf, dass er Hideyoshi die ganze Zeit umarmt hatte, doch das wusste er nicht. ER war sich auch nicht sicher, ob er die Musik wirklich gehört oder sie sich nur eingebildet hatte. War da nicht auch eine Gestalt gewesen, die wie Aphophis aussah? Doch wieso hatte sie ein grünes Gesicht und gelbe Hände? Wohingegen die Satyre auf einmal blau und orange wirkten. Doch stimmte das? Andere – waren dies Menschen? – wirkten dagegen, als hätte man ihnen die Gliedmaßen lang gezogen. Oder sie hatten ein drittes Bein, wieder andere auf einmal vier Augen. Die Hautfarbe dieser Wesen glich der eines Regenbogens. Doch die Musik beruhigte ihn. Sangen etwa die Satyre? ER hatte das Gefühl als würde er sich fortbewegen, als würde er körperlos schweben. Doch wie lange dieses *Schweben* dauerte, ob es wenige Minuten, Stunden oder Tage waren, wusste er nicht. Dann saß er in einem Boot, das mit hoher Geschwindigkeit auf das offene Meer hinausraste, während zwei Satyre, diesmal mit normaler Hautfarbe, ihm zum Abschied winkten und riefen: »Mögen die Götter dich beschützen, Ares.«

ER wunderte sich, dass er sich nicht mehr an die Wunden von Hideyoshi erinnern konnte. Er wusste zwar, dass sein Freund Schmerzen gehabt hatte. Schmerzen, die jeden anderen in den Wahnsinn getrieben hätten. Aber jedes Mal, wenn er versuchte sich die Wunde vorzustellen, hörte er nun den glücklichen Seufzer und er erinnerte sich an das Lächeln im Moment des Todes. Bei Sternenmeer war es das Gleiche. An den schrecklichen Augenblick, in dem die Säule umfiel, konnte er sich nicht erinnern. Wenn er an Sternenmeer dachte, sah er ihn entweder bei Swanhild lachen oder glücklich mit Carmen am Tisch des Großfürsten von Coucy und wie sich beide verliebt anschauten. Doch eines blieb: die Trauer und der Schmerz um den Verlust der Freunde. ER hoffte und betete, dass er sich davon in Åsgard erholen konnte.

Das kleine Boot flog förmlich über die Wellen. ER ging davon aus, dass die Satyre irgendeinen Zauber bewirkt hatten, damit es so schnell vorwärts kam. Er hatte keine Ahnung, wo sie ihn in das Boot gesetzt hatten, oder wohin es fuhr. Doch nahm er an, dass es Åsgard war, worauf er zusteuerte.

Am vierten Tag seiner Reise konnte ER in der Ferne eine ganz schmale Küstenlinie ausmachen, die sich langsam, aber stetig näherte. Zufrieden lehnte er sich zurück. Er hatte es geschafft. Nicht mehr lange und er würde wieder zu Hause sein. In seinen geliebten Wäldern umherstreifen und die Bewohner von Åsgard vor *bösem* Wild schützen. All die kleinen Anekdoten fielen ihm auf einmal ein, all die lächerlichen Dinge, vor denen sich die Bauern gefürchtet hatten. Die kleinlichen Streitereien mit ihnen. Wie sie sich aufgeregt hatten, als er ihnen gesagt hatte, dass sie sich damit abfinden mussten, wenn ein Bär mal eine Kuh reißt oder Wölfe in einer Schafsherde wüten. Obwohl er sich damals oft über ihre Sturheit geärgert hatte, wenn die Bauern wollten, dass er den Bären oder die Wölfe erschlug, erschien es ihm jetzt wie das Paradies.

ER war so in Gedanken versunken, dass er nicht merkte, wie die Sonne am Himmel entlangwanderte. Gebannt starrte er auf die Küste, die ganz langsam immer größer wurde. Als er immer mehr Einzelheiten ausmachen konnte, erkannte er, dass er auf die Südspitze von Åsgard zuhielt. ER änderte ein wenig die Richtung des Bootes, um nach Sundstrand zu kommen, eine seiner Lieblingsgegenden auf Åsgard. Dort würde er ganz gemütlich ein Bier trinken und etwas Köstliches essen. Mit den Bewohnern scherzen, um dann in aller Ruhe durch die prachtvollen Wälder und Auen von Åsgard zum Schloss zu schlendern. Ihm lief schon das Wasser im Mund zusammen, als er an das Bier dachte und an das Essen. Er versuchte sich zu erinnern, ob es der Hirsch oder das Schaf war, welches in Sundstrand so trefflich zubereitet wurde. Er beschloss, von beidem zu kosten. Als er die Küste und die ersten Häuser von Sundstrand sah, atmete er erleichtert auf. Nach einer langen Reise hatte er es geschafft. ER war wieder zu Hause. Die Küste kam immer näher und er fieberte dem Moment entgegen, in dem er endlich einen Fuß auf den Boden von Åsgard setzen konnte.

Doch als er noch zweihundert Meter von der Küste entfernt war, wurde er nervös und sein Herz begann sich vor Angst zusammenzukrampfen. Täuschten ihn seine Sinne oder wurde ihm hier ein übler Streich gespielt? ER konzentrierte sich ganz auf sein Gehör. Er hörte die Vögel zwitschern, den Schrei der Möwen. Doch kein Schaf blökte, kein Hund bellte. Er stierte angestrengt an Land. Sah die Vögel am Himmel, erkannte, wie ein Hase die Ohren aufstellte und weghoppelte. Doch keine Kinder spielten am Stand. Tränen schossen ihm in die Augen und er verfluchte sein Schicksal. Schließlich wurde es für ihn zur traurigen Gewissheit: Sundstrand lag verlassen vor ihm.

An der Anlegestelle von Sundstrand war kein einziges Boot vertäut. Verzweifelt sprang er an Land. Wie im Wald östlich von Coucy spürte er, dass es im Ort kein Leben mehr gab. Ängstlich eilte er durch die Gassen. Doch der hohle Klang seiner eigenen Schritte war das einzige Geräusch, das er hörte, und mit jedem seiner Schritte wurde ihm bewusster, dass er der einzige Mensch im Ort war. In der Ortsmitte blieb er stehen, drehte sich einmal im Kreis und ging willkürlich auf ein Haus zu. Er öffnete die Tür und blickte hinein ... leer. Sofort eilte er zum nächsten Haus ... wieder leer, keine Stühle, Tische oder sonstige Möbel. Er setzte sich erst einmal auf die Türschwelle und atmete tief ein und aus. Ihm fiel das Denken schwer. Was sollte er tun? Was war hier geschehen? Doch dann fielen ihm seine eigenen Worte wieder ein: ›Baldur will uns foltern, und in einem muffigen Keller mit verrosteten Marterinstrumenten ist uns nicht beizukommen.‹

Hier war ihm beizukommen. Hier in SEINER Heimat. Hier wirkte die Folter.

Das Aufstehen fiel ihm unendlich schwer, er wankte mehr, als dass er zum Wirtshaus ging. Er schimpfte sich selbst einen Narren. Wie konnte er nur auf die Idee kommen, dass Baldur Åsgard verschonen würde. Es war doch klar, dass er ihn erst dazu brachte, für ihn zu arbeiten, sein Leben zu riskieren, so wie in Coucy und ihm dann die Freunde nahm und nebenbei seine Heimat verwüstete. Baldur wollte ihn foltern, ihn dafür bestrafen, dass er ihn angegriffen hatte, das wusste er.

Dass die schweren Bierfässer noch im Gasthaus waren, nahm er als Beleg dafür, dass die Bewohner geflohen waren, weil Baldur sie mit Krieg überzogen hatte. Er suchte weiter, fand etwas Brot, Wurst und einen Bierkrug. Dann setze er sich neben ein Fass und begann zu trinken. Er wusste nicht wie viel er trank, nur, dass sein Kopf immer schwerer wurde und er auf einmal schlief. Immer wieder schreckte er unruhig aus seinen Träumen auf. Nur um wieder die Augen zu schließen und sich zum Weiterschlafen zu zwingen.

Mitternacht war noch nicht richtig vorbei, als er aufstand und losmarschierte. An Schlaf war nicht mehr zu denken. Er musste Gewissheit haben, Gewissheit über das Schicksal von Åsgard. Nur im Schloss würde er erfahren, ob sich seine schlimmsten Befürchtungen bewahrheiteten, oder ob es für alles eine harmlose Erklärung gab.

ER schritt zügig aus, lief die restliche Nacht und den folgenden Tag, ohne an eine Pause zu denken. Seinen Durst stillte er hastig, wenn er an einem Bach vorbeikam. Zum Essen gab es das Brot, das er im Dorf gefunden hatte. Als sich der Tag wieder zur Nacht wandelte, war er immer noch unterwegs. Er gönnte sich nicht den Luxus von Schlaf. Seine Beine schmerzten und sein Körper schrie nach Ruhe, doch er ignorierte dies. Er musste zum Schloss, und das so schnell wie möglich. Er musste wissen, was in Sundstrand passiert war, sonst würde er keine Ruhe mehr finden.

Doch so sehr er sich auch beeilte, erst am Abend des nächsten Tages, als die Sonne unterging, lag das Schloss vor ihm. Unwillkürlich blieb er stehen, konnte und wollte nicht glauben, was er sah. War jetzt nicht die Zeit, wo die unzähligen Kerzen angezündet wurden? Doch kein Lichtstrahl verirrte sich aus dem Schloss. Müsste nicht genau jetzt fröhliches Gelächter an sein Ohr dringen? Doch so sehr er sich auch anstrengte, er hörte nichts. Das Schloss lag tot und leer vor ihm, als ob es bereits vor langer Zeit verlassen worden sei.

ER begann zu rennen. Er war doch noch viel zu weit entfernt, um etwas zu hören. Und sicherlich war es noch viel zu hell, um jetzt schon die Kerzen anzuzünden. Er musste sich täuschen. Sicher würden gleich die Fenster vom Kerzenschein erhellt werden. Er brauchte nur noch ein paar Minuten zu warten, dann würde er es sehen. Gleich, jeden Augenblick, musste es so weit sein. Doch je näher er kam, umso deutlicher wurde es: Er würde kein Lachen hören, nicht einmal Streit. Kein Kerzenschein würde die Fenster erhellen. Abrupt blieb er stehen. Was sollte er jetzt machen? Wohin sollte er sich wenden?

Erleichtert atmete er auf, als er hörte, wie sich ein paar Pferde im schnellen Galopp näherten.

»Nimm langsam dein Schwert vom Rücken«, befahl ihm eine Stimme, »leg es hinter dich auf den Boden und geh zehn Schritte vorwärts.«

ER gehorchte. Er hatte den Sprecher erkannt, Aistulf, Befehlshaber der Leibwache des Königs von Åsgard.

Er hatte die zehn Schritte vorwärts noch nicht richtig gemacht, da hörte er wie einer der Leibwächter hinter ihm vom Pferd sprang und ihm die Hände auf dem Rücken fesselte.

»Aistulf«, fragte ER erstaunt, »was ist hier los? Ich komme von Sundstrand …«

Doch Aistulf zeigte nur stumm auf ein Pferd ohne Reiter. Er verstand, schwang sich auf das Tier und ritt mit den anderen in scharfem Galopp auf das Schloss zu.

Von Weiten schon sah er Leonidas mit seiner Leibwache mit gespannten Bögen am Eingang des Schlosses stehen. Er war noch nicht richtig vom Pferd gestiegen, als er zusätzlich von mehreren Lanzen bedroht wurde und Leonidas ihn scharf fragte: »Wo haben wir uns das letzte Mal gesehen?«

»Am Platz der Geister«, antwortete ER ohne zu zögern. »Bragor war auch dort, nachdem ich von Wick gekommen bin, wir haben uns über das Schwert von …«

»Du antwortest nur auf die Frage«, fuhr ihn der Heerführer an.

»Ja.« Er fühlte sich unwohl. Er wusste, dass Leonidas nur kurz vor einer Schlacht oder mit Hochverrätern so sprach.

»Wo hast du Bragor zum letzten Mal gesehen?«, fragte Leonidas weiter.

»Im Kloster von Ko Chang.«

»Welchen Titel trug Bragor dort?«

»Sämtliche Titel von Bragor aufzuzählen würde die ganze Nacht dauern, aber er war nicht nur Kronprinz von Åsgard, sondern auch Herzog Sunzi.«

Zufrieden nickte Leonidas. Die Fesseln verschwanden und ER erhielt seine Waffen zurück.

»Entschuldige, wenn ich dich hart angefasst habe«, erklärte Leonidas. »Aber ich musste sichergehen, dass du es wirklich bist.«

»Was ist hier los? Ich war in Sundstrand, das Dorf war verlassen und hier ist das ganze Schloss dunkel.«

»Das erklärt dir am besten der König, der neue König. Er erwartet dich bereits.«

»Bragors Vater ist tot?«

»Auch dies erklärt dir der König«, sagte Leonidas, während sie die Gänge zum Thronsaal entlanggingen. »Der neue König legt übrigens viel Wert auf das Zeremoniell. Ich hoffe, du kannst dich noch halbwegs daran erinnern, wie man den König begrüßt und seine Ergebenheit ausdrückt.«

ER schluckte. Er hatte nie daran gezweifelt, dass Bragor der neue König werden würde. Doch es war anders gekommen. Bragor hätte niemals Wert auf das Zeremoniell gelegt oder darauf, dass er seine Ergebenheit ausdrückte. Bragor wusste, dass er ergeben war. Das konnte nur bedeuten, dass Bragor nicht zurückgekehrt war. Die Nachrichten wurden immer schlimmer. Er war so niedergeschlagen, als sie den Thronsaal betraten, dass er nicht auf die Person achtete, die auf dem Thron saß. ER ging drei Schritte vor, machte seine Verbeugung, zog sein Schwert, streckte es in einer unnatürlichen Haltung nach vorne, machte wieder drei Schritte, stolperte über den Läufer und fiel hin.

Erst als er ein Lachen hörte, blickte er hoch. Bragor saß auf dem Thron und lachte ihn aus.

»Entschuldige bitte!« Bragor stand auf, ging zu ihm und half ihm auf. »Aber dies war der letzte Test, den wir mit dir machen mussten, um zu wissen, ob du wirklich Ares bist. Denn das Zeremoniell hast du noch nie hinbekommen.« Dann schloss Bragor seinen Freund fest in die Arme. »Es tut gut, dich zu sehen«, sagte Mer.

»Was ist hier los? Was soll das Ganze, Bragor?«

»Komm mit, ich habe etwas zu essen vorbereiten lassen. Während du isst, können wir dir alles erklären.« Damit führte Bragor ihn in einen kleinen Nebenraum, in dem ein Diener schnell noch den Tisch deckte.

Erst jetzt bemerkte ER, wie hungrig und durstig er war. Kaum war der Diener gegangen schlug er beim Essen zu.

Während Bragor seinen Freund beobachtete, begann Leonidas mit der Erklärung. »Nachdem ihr nicht zurückkamt, ahnte ich schon, dass ihr entweder mit dem Fremden nicht fertig geworden wart oder euch die Geister Probleme machten. Ich sandte Boten und Krieger über die Insel, um Neuigkeiten zu erhalten. Doch es war, als hättet ihr euch in Luft aufgelöst. Da wusste ich, dass ihr auf etwas gestoßen wart, das eine Gefahr für Åsgard darstellte, und ihr deswegen die Insel verlassen habt, um es von Åsgard wegzulocken. An euren Tod wollte ich nicht glauben. Wir diskutierten lange im Rat darüber und waren uns einig, dass wir uns vorbereiten mussten. Auch wenn wir keine Ahnung hatten, auf was wir uns vorbereiten oder vor was wir uns schützen sollten. Wir nahmen an, dass es etwas mit dem Schwert zu tun hatte, denn sonst hätte es der Fremde, Feisal, nicht gestohlen. Als uns ein Fischer berichtete, dass Hålmavik niedergebrannt worden war, bereiteten wir uns auf Krieg vor. Wir schickten Krieger auf das Festland, damit sie uns vor einer angreifenden Armee warnen konnten. Eine dieser Patrouillen entdeckte auch die niedergemetzelten Soldaten des Herrschers von Hålmavik, doch keinen Hinweis darauf, wer diese getötet hatte. Leider nahm die Sorge um sein Land und euch den König sehr mit. Er wurde immer schwächer und konnte bald an den Ratssitzungen nicht mehr teilnehmen und wurde bettlägerig. Es war nur noch eine Frage der Zeit, wann er sterben würde. Kurz vor seinem Tod kehrte Bragor zurück, und als ob der alte König nur auf diesen Augenblick gewartet hätte, verstarb, er. Als Nächstes rief Bragor den Rat ein, erzählte, was sich auf der Fahrt zugetragen hatte, und erklärte, dass ich der rechtmäßige König von Åsgard sei. Ich lehnte ab. Mir langt meine Aufgabe als Heerführer. Der Rat beschloss, Bragor als König zu krönen.«

»Aber was hat dies mit den verschwundenen Leuten von Sundstrand zu tun?«, fragte ER.

»Ich war noch nicht richtig gekrönt«, fuhr nun Bragor fort, »als die Probleme begannen. Besser gesagt, ab diesem Zeitpunkt bekamen wir mit, dass etwas auf Åsgard nicht stimmte. Denn da kehrten die ersten Krieger vom Festland zurück. Sie äußerten sich verwundert darüber, dass manche der Dörfer verlassen waren und andere nicht.

Sofort sandte ich sie wieder aus, um mehr Informationen zu erhalten. Doch ohne Erfolg! Bis jetzt ist das Bild immer noch unvollständig. Manche der Krieger, die ich ausgeschickt hatte, um die Vorfälle zu untersuchen, kehrten nicht zurück. Andere hatten einen schönen Ausritt über unsere Insel, unterhielten sich ausführlichst mit den Bauern, tranken gutes Bier, haben aber nichts erfahren. Im Nachbardorf von Sundstrand, Sundsbyn, dürften jetzt noch Menschen leben. Die Patrouille kam gestern von Sundsbyn zurück, doch nahm sie nicht den Weg über Sundstrand.«

ER nickte. Jetzt verstand er auch, warum das Schloss dunkel war, warum man ihn getestet hatte.

»Als du auf einmal aufgetaucht bist«, riss Bragor ihn aus seinen Gedanken, »konnte ich es nicht glauben. Ich wusste, dass ich dich in den Tod geschickt hatte. Doch du kamst munter anspaziert, als ob du im Wald Pilze gesammelt hättest. Ich wusste nicht, ob ich mich freuen sollte, dass du noch lebst, oder weinen, weil mich ein Zauber narrt.« Bragor machte eine Pause und fragte dann: »Ich nehme an, du hast auch einiges erlebt?«

ER trank noch einen Schluck Wein, dann erzählte er von ihrer Wanderung durch die Wüste, den vielen Dämonen, die er gesehen hatte, seinem Kampf gegen Baldur, doch nicht von den Nymphen. ER konnte nicht sagen wieso, aber irgendetwas hielt ihn davon ab, hier und jetzt davon zu berichten. Auch den Flug auf den Magoogs verschwieg er. Es schien ihm falsch, dies hier zu schildern. ER stellte es so dar, dass er und seine Freunde nach dem Kampf mit Baldur in einem Wald aufgewacht und dann durch einen Zufall auf Coucy gestoßen waren. Ab hier berichtete er wieder ausführlich. Als er geendet hatte, war es spät geworden.

»Es tut mir um Hideyoshi leid«, bemerkte Bragor. »Auch um Sternenmeer. So kurz ich ihn auch nur kannte, er war ein wahrer Freund.«

ER nickte und senkte den Kopf, die Erinnerung an das Ableben seiner Freunde war noch zu frisch.

»Du musst müde sein«, drang Leonidas in seine Gedanken vor. Erst jetzt bemerkte ER, dass er mehrere Minuten nur vor sich hingestarrt hatte.

»Ich habe lange nicht mehr geschlafen«, antwortete ER.

»Komm Ares, ich bringe dich zu deinem Zimmer«, sagte Bragor.

»Das schaffe ich schon noch alleine«, lächelte ER. »Ich nehme an, du wirst mit meinem Vater und dem Rat noch einiges zu besprechen haben.«

»Ares, ich bringe dich. Das ist das Mindeste, was ich für dich tun kann«, beharrte Bragor.

»Ist in Ordnung, sonst gibst du keine Ruhe«, entgegnete ER matt.

Als Bragor in den Raum zurückkehrte, war der neue Rat von Åsgard bereits versammelt.

»Dies ist eindeutig Ares und dies ist eindeutig nicht Ares«, begrüßte ihn Werdandi.

»Könntest du etwas genauer werden?«, spottete Bragor.

»Es ist unmöglich zu sagen, wer heute Nacht unter diesem Dach schläft«, pflichtete Shûkyô Werdandi bei. »Es ist zwar der Ares, den ich hier in den Bergen kennen gelernt habe, doch da ist noch etwas in ihm …«

»… etwas absolut Bösartiges, Zerstörerisches, das nur darauf wartet hervorzubrechen«, fuhr Werdandi fort.

»… etwas, was ich bisher noch nie bei einem Menschen, nur bei Dämonen gefühlt habe«, bestätigte Shûkyô.

»Das stimmt nicht. Ares ist kein Sicherheitsrisiko für Åsgard.« Bragor hatte seine Stimme erhoben.

Der ganze Rat blickte Bragor stumm und ruhig an, nur nicht Leonidas, er hatte seinen Kopf gesenkt und versuchte nicht zu weinen. Die anderen Orks beteiligten sich nicht an der Diskussion. Sie wussten, dass alles Wichtige bereits gesagt worden war und dass Bragor nur seinen Freund nicht im Stich lassen wollte, was ihn ehrte.

»Wenn er erst einmal ein paar Tage hier ist …«, begann Bragor.

»Ich habe Angst vor Ares«, unterbrach Shûkyô Bragor, der nicht glauben konnte, was er gerade gehört hatte. Kein Ork gab jemals zu, vor etwas Angst zu haben. Lieber starb er. Und jetzt gestand Mago Shûkyô, der

Mächtige, Angst zu haben. Doch es sollte für Bragor noch schlimmer kommen.

»Auch ich habe Angst vor ihm«, pflichtete Werdandi Shûkyô bei. »Als du ihn am Anfang umarmt hast, hatte ich für ein paar Augenblicke ein Bild vor Augen. Du Bragor, König von Åsgard, in den Armen des Todes.«

Bragor sagte nichts dazu, Schweigen breitete sich aus.

»Wir bleiben bei unserem Vorgehen?«, fragte Leonidas, dem das Sprechen schwerfiel.

Werdandi legte Bragor die Hand auf die Schulter. »Danke Shûkyô, dass du Ares noch einmal sehen konntest. Ich hätte ihn von den Orks gleich bei seiner Ankunft mit Pfeilen spicken lassen.«

»Ares ist kein Verräter!« Der Graf von Ymir hatte laut und deutlich gesprochen. »Ein Schürzenjäger, in Ordnung, aber auf keinen Fall ein Verräter.«

»Das Problem ist nur«, antwortete Werdandi, »dass weder Shûkyô noch ich sagen können, ob Ares zurückgekehrt ist. Denk an meine Worte auf der anderen Seite der Naglfarstrait, König Bragor, dass etwas Böses auf die Insel zuhält. Ich habe zuerst das Böse gespürt, und erst als das Böse die Insel betreten hatte, habe ich etwas von Ares wahrgenommen.«

»Da ist noch etwas, Herzog Sunzi«, begann Shûkyô.

»Da ist nichts mehr, mein Freund«, entgegnete Bragor traurig, dem genau wie dem Ork aufgefallen war, dass die Geschichte von Ares eine Lücke hatte.

»Dann bin ich zufrieden«, erwiderte Shûkyô, der wusste, dass Bragor ihn verstanden hatte.

Bragor stand auf und erklärte: »Ich bin müde. Morgen haben wir einen anstrengenden Tag vor uns. Menschen und Orks müssen nach Skugga Staden. Da müssen wir alle ausgeruht sein. Und nach wie vor gilt: Solange Ares unter unserem Dach schläft, sind die Orks unsichtbar. Gute Nacht.«

Am nächsten Morgen brachte Bragor seinem Freund das Frühstück. Er wies den Diener an, kurz zu warten, klopfte an die Zimmertür und betrat den Raum. Sein Freund stand vor dem Fenster und beobachtete den Sonnenaufgang. Er hatte weder das Anklopfen noch das Eintreten bemerkt. Gerade wollte Bragor sich räuspern, als er den Schatten sah. Den Schatten voller abgrundtiefer Boshaftigkeit, der wie ein Mantel um seinen Freund lag und dem Sonnenaufgang etwas Diabolisches, Monströses und Zerstörerisches gab. Als ob die Sonne nicht Licht und Wärme spenden würde, sondern gekommen war, um zu zerstören. Um Glut, Hitze und heiße Feuerlohen über das Land zu jagen, die alles verbrannten, was in ihre Nähe kam. Aus

Bragors Räuspern wurde ein Glucksen, er konnte gerade noch verhindern laut aufzuschreien. Langsam drehte sich sein Freund um und dann sah Bragor die – doch der Begriff Augen fiel ihm dazu nicht ein – Tore zur Hölle … Dies war das Erste, an was er dachte. Bragor konnte sich nicht rühren. Die Angst, die ihn jetzt beherrschte, war schlimmer als bei jedem Magoog.

»Bragor«, sprach ihn sein Freund freundlich an. »Was stehst du an der Tür herum, komm herein. Holst du mich zum Frühstück?«

Der Zauber war gebrochen, vor Bragor stand wieder sein lieber Freund Ares. Seine Augen blickten wie immer, nur unendlich traurig. Kein Schatten der Boshaftigkeit lag um seine Schultern.

»Besser«, erwiderte Bragor geistesgegenwärtig. Er rief den Diener herein. »Ich habe gedacht, wir lassen das ganze höfische Zeremoniell und frühstücken hier bei dir auf dem Zimmer und tun so, als ob wir wieder Stubenarrest hätten, weil wir was ausgefressen haben.«

ER lächelte leicht. »Ich weiß es wirklich zu schätzen, dass du dir so viel Mühe machst. Doch leider habe ich keinen Hunger.«

»Ich kann das hier nicht allein essen«, spielte Bragor den Entsetzten, während der Diener auftischte und dann schnell wieder den Raum verließ.

»Ja, das stimmt. Auch wenn ich keinen großen Appetit habe. Danke!«

Während des Essens machte Bragor wie gewöhnlich die Konversation und sein Freund hörte zu. Auch wenn Bragor es vermied, über die Größe von Schneeflocken zu sprechen, merkte sein Freund recht schnell, dass Bragor nur redete, um die Stille zu übertönen.

»Dir liegt etwas auf dem Herzen«, unterbrach er deswegen Bragor auch mitten im Satz.

»Ist dies so offensichtlich?«

»Ich kenne dich lange genug«, lächelte ER gequält.

Bragor zögerte einen kleinen Moment. Dies war nun der entscheidende Moment, von dem abhing, ob sie beide den Raum lebend verlassen würden. Die Befehle waren unmissverständlich gewesen. Wenn sich sein Freund feindlich zeigte, würde das gesamte Zimmer in Brand gesetzt werden. Shûkyô und Werdandi hatten einen Zauber gewirkt, der den ganzen Raum, innerhalb eines Augenblickes, in eine Flammenhölle verwandeln konnte. Auch stand die Elite der Orkkrieger mit Bogen und Schwert bereit, um jeden zu töten, der aus diesem Raum kam, sollte er erst einmal brennen.

»Deine Geschichte gestern war nicht vollständig«, sagte Bragor und versuchte, nur interessiert zu klingen.

ER war perplex und für einen winzigen Augenblick sah Bragor wieder das Monster vor sich, das zerstören und töten wollte. Dann war der Moment vorbei und Bragor saß wieder seinem Freund gegenüber, der müde lächelte. Diesem lief alleine beim Gedanken an diese Wesen, die wie Frauen aussahen, immer noch ein Schauer des Grauens über den Rücken. Auch glaubte er wieder die tote, kalte Haut von Ophelia zu spüren, oder hatte er sich dies alles nur eingebildet? Und sah Ophelia nicht der Satyrfrau ein wenig ähnlich? Doch so schnell dieser Gedanke in ihm aufkeimte, so schnell verdrängte ER ihn.

»Es war nichts Besonderes«, begann ER, nach Worten ringend. »Nach meinem Kampf mit Baldur bin ich bei ein paar Dämonen in weiblicher Gestalt aufgewacht.«

Bragor sagte nichts, er wollte, dass sein Freund erzählte, der sich immer unsicherer unter seinem Blick fühlte.

»Ja«, mühte ER sich weiter, »hübsch waren diese Dämonen ja schon.«

Bragor hob nur die Augenbrauen, doch ER bekam dies nicht mit.

»Sie hatten wirklich schöne, wohlgeformte Körper, die einen leicht in Verzückung bringen konnten«, fuhr ER fort.

Bragor wunderte sich. Seit wann war Ares prüde? Der Ares, den er kannte, hätte die Gelegenheit genutzt. ER sprach weiter: »Aber du hättest mal die Augen sehen oder die Stimme hören sollen. Da wusste man, dass dies nur Sirenen der übelsten Sorte sein konnten. Auch habe ich von einer die Haut berührt, die war richtig kalt. Jedenfalls hat uns dann eine dieser verabscheuungswürdigen Sirenen zu Baldurs Waffenkammer gebracht. Dort wurden uns die besten Waffen und Rüstungen geschenkt, die Baldur hatte. Der Meister war großzügig. Anschließend ging es mit ein paar Magoogs über die Wüste, die wir, nachdem sie ihren Zweck erfüllt hatten, selbstverständlich töteten.«

»Selbstverständlich«, pflichtete Bragor bei. Er konnte nicht glauben, was er gerade gehört hatte, vor allem hatte ihn ein Wort gestört: *Meister*. »Doch um noch mal auf diese dämonischen Sirenen zurückzukommen …«

Der Blick war reiner Hass. Bragor war wie gelähmt. Er hatte noch niemals so viel Hass gesehen. Selbst vorhin, als er in den Raum gekommen war, hatte er zwar kurz die Boshaftigkeit gespürt, aber nicht so einen Hass gesehen.

»Muss das sein?«, drang eine Stimme an sein Ohr.

Bragor schluckte. Er wusste, dass dies der wunde Punkt war, doch wieso?

»Ja«, sagte Bragor und hoffte, dass seine Stimme nicht vor Angst zitterte. Er verstand Werdandi und Shûkyô immer besser. »Es wird dir helfen, das Erlebte besser zu verarbeiten.«

»Rede nicht wie meine Mutter zu mir.«

»Bitte Ares, vielleicht müssen wir uns irgendwann mal gegen diese dämonischen Sirenen verteidigen«, erwiderte Bragor. Auch wenn er nicht daran glaubte. Denn so unvollständig, wie die Erzählung war, so bestätigte doch schon jetzt jedes Wort seine Theorie, dass Baldur keine eigene Armee aufstellen würde, um gegen Åsgard zu ziehen.

ER begann zu erzählen und Bragor hörte sehr genau zu. Und diesmal erfuhr Bragor die ganze Geschichte, vom Gespräch mit Baldur, von Baldurs Plan, vom Erwachen, die Geschichte von Ophelia, die Bestätigung von Asrael und den Tod von Salome. Auch dass ER Ophelia nur nicht erwürgt hatte, weil er sich vor ihrer Haut geekelt hatte. Bragor fragte sich, ob dies noch der Ares war, den er kannte? Das friedliche Zusammenleben der einzelnen Völker faszinierte Bragor, während ER immer wieder die toten Augen und die toten Stimmen erwähnte, und wie grausam sie geklungen hätten. Je ausführlicher ER zu erzählen begann, umso intensiver fragte sich Bragor, ob sein Freund dies wirklich alles erlebt hatte oder ob sich Baldur einen makaberen Scherz erlaubt und IHN verzaubert hatte, so dass er glaubte, dass sich das Ganze zugetragen hatte. Doch wieso hatte dann Asrael dieselbe Geschichte wie Ophelia erzählt? Eines wurde Bragor aber auch immer bewusster: Er wusste nicht, wer ihm gegenübersaß. Bis jetzt hatte er gehofft, dass sich Werdandi und Shûkyô irrten. Dass das, was er beim Eintreten in das Zimmer gesehen hatte, durch seine strapazierten Nerven zu erklären war. Doch jetzt wusste er, dass dem nicht so war. Was auch immer hier vor ihm saß, stellte eine Gefahr für Åsgard dar, so wie Shûkyô prophezeit hatte. Eine Gefahr, gegen die nicht einmal das vereinte Heer der Orks und der Menschen eine Chance hatte. Je früher dieses Etwas Åsgard verließ, umso besser. Doch *es* musste selbst auf den Gedanken kommen.

»… und dann komme ich zurück«, drangen die bitteren Worte der Kreatur wieder in sein Bewusstsein, »und erlebe den gleichen Horror, den ich gehofft hatte hinter mir zu lassen.«

»Ares, mache dich nicht für das Geschehen hier auf Åsgard verantwortlich«, entgegnete Bragor.

Bitter lachte ER auf. »Wer ist denn sonst daran schuld, dass ihr euch verbarrikadieren müsst? Baldur will Rache. Ich habe ihn herausgefordert. Also nimmt er mir zuerst meine Freunde und jetzt auch noch die Heimat. Bin gespannt, was als Nächstes passiert.«

Hier bot sich nun die Chance für Bragor, auf die er gewartet hatte. Er ergriff die Hand des anderen, die sich seltsam kalt anfühlte. Doch Bragor war sicher, dass dies nur an seinen überreizten Nerven lag, ausgelöst durch die Geschichte. Dann blickte er dem anderen tief in die Augen und sagte: »Du hast mehr für Åsgard getan als irgendeiner vor dir, mehr als ich es jemals tun werde. Auch wenn du es nicht hören willst. Du bist der wahre König von Åsgard, ich …«

»Nein, Bragor.«

»Sei doch mal ehrlich zu dir, Ares. Du hast Mut bewiesen, schon damals, als du den Magoog vom Himmel holen wolltest. Dann bist du noch zum dunklen Herrscher gewandert, um ihn herauszufordern. Ich dagegen verwalte nur. Du hast mehr Mut bewiesen als alle unsere Vorfahren zusammen.«

Langsam nickte ER und Bragor fuhr fort: »Es ist höchste Zeit, dass du deinen Lohn für all die Mühe erhältst.«

Verwundert blickte ER Bragor an. »Was für einen Lohn denn?«

»Frieden und Ruhe.«

»Und wo bitte? Woher ich komme, herrscht Krieg, und auf Åsgard Dämonen oder Schlimmeres. Wo bitte soll ich Frieden und Ruhe finden?« Doch dann fiel es IHM wie Schuppen von den Augen. »Selbstverständlich, das Meer.«

»Ares, ich wiederhole es noch einmal: Du hast mehr für Åsgard getan als jeder von uns. Ich bringe es nicht noch einmal über das Herz, dich in eine Schlacht zu schicken, von der du vielleicht nicht zurückkehrst. Obwohl ich es tun müsste. Und wir beide wissen, dass du es genauso wenig fertigbringst, tatenlos zuzusehen, wenn deine Heimat brennt. Du warst sehr überzeugend im Kloster damals. Und wenn du jetzt ein Boot nimmst und fortsegelst, habe ich die Hoffnung, dass du Frieden findest. Irgendwo auf dieser Welt, wo kein Krieg herrscht, wo niemand Baldur kennt. Wo du Frieden findest, den Frieden, nach dem du dich sehnst und den du verdient hast. Die Hoffnung ist schwach, doch sie ist da, denn das Meer ist groß.«

»Das hieße dann aber, dass wir uns niemals wiedersehen?«

»Ares, wo immer dein Körper auch ist – in meinem Herzen bist du immer«, entgegnete Bragor doppeldeutig.

ER atmete hörbar tief ein, senkte ein wenig den Kopf, bevor er antwortete: »Du hast recht. Ich bin froh, dass du der neue König bist, und wer weiß, vielleicht verliert Baldur auch sein Interesse an Åsgard, wenn ich nicht mehr da bin.«

»Vielleicht, aber mach dir darüber keine Gedanken. Das ist mein Problem.«

ER nickte. »Ich werde gleich aufbrechen. Es ist keine Zeit zu verlieren.«

»Das habe ich befürchtet, aber ich werde dich nicht halten. Nur eine Sache ist noch: Wir haben doch eine Zeremonie …«

»Bragor, bist du es? Seit wann gibst du so viel auf solche komischen Rituale.«

»Diesmal bestehe ich darauf, als dein König.«

Missmutig blickte ER Bragor an, stand auf und nörgelte: »Dann lass es uns hinter uns bringen.«

»Nimm mit, woran dein Herz hängt, wir kommen nicht hierher zurück.«

»Ich trage alles, was ich brauch, am Leib, der Rest ist in diesem Sack.«

Erst jetzt sah Bragor den Sack, der die ganze Zeit im Raum gestanden hatte. Als ER ihn hochhob, erkannte Bragor, wie schwer der Sack war. Doch weder wollte ER, dass Bragor im beim Tragen half, noch dass man ein oder zwei Diener rief, die den Sack trugen.

Dann gingen beide aus dem Raum zurück in den Thronsaal. Auf dem Weg dorthin erzählte Bragor Geschichten aus ihrer Kindheit. Wie sie in den Galerien hier die Bilder umgehängt, die Büsten verkleidet oder angemalt hatten. Wie oft sie rennen mussten, nur um die Strafe später zu bekommen. Als sie schließlich den Thronsaal erreichten, überließ Bragor IHM den Vortritt. ER hatte die Tür kaum geöffnet, als ihm entgegenschallte: »Es lebe König Ares, König von Åsgard und Yggdrasil!«

Der gesamte alte Rat, außer Werdandi, und die Bewohner des Schlosses waren im Saal versammelt und priesen IHN.

IHM schossen die Tränen in die Augen. »Aber Moment«, stotterte er.

»Nun«, der Graf von Ymir trat vor, »nur weil dein Vater auf den Thron verzichtet hat, heißt dies noch lange nicht, dass du verzichtest. Und da du der rechtmäßige Herrscher von Åsgard bist …«

»Bitte, Bragor«, flehte ER, »sag ihnen, dass ich nicht kann.«

»Es verlangt keiner von dir«, erklärte Bragor, »dass du hier auf der Insel bleibst. Doch wirst du uns nicht davon abhalten, dir die Ehre zuteil werden zu lassen, die dir zusteht. Und das Mindeste, was wir tun können, ist dich als König zu verabschieden.«

Nach diesen Worten gingen alle auf die Knie und verbeugten sich vor ihm, während ihm Bragor die Krone des Königs aufsetzte.

ER war sprachlos. Er konnte nichts sagen, nicht einmal protestieren. Der ganze Rat von Åsgard erkannte ihn als König an. Er wusste, dass er niemandem den Platz wegnahm, denn er war nur König für die Zeit, die sie von hier bis zum Hafen brauchten. Dies war Bragors Art, Danke zu sagen, ihm seine Wertschätzung zu zeigen. Er lächelte und befahl dem Rat, sich wieder zu erheben.

»Ich habe noch einen weiten Weg vor mir«, erklärte ER. »Es wird Zeit, dass ich losgehe.«

Dann ging der König von Åsgard und Yggdrasil, gefolgt vom Rat, zu der wartenden Eskorte von Kriegern in glänzenden Rüstungen. Gemeinsam ritten sie zum Hafen von Ålesund, in dem ein Boot bereits auf ihn wartete.

»Ihr müsst in der Nacht fleißig gewesen sein«, sagte ER leichthin.

Traurig senkte Bragor den Kopf. »Der Rat hat gestern Nacht noch lange

getagt. Wir kamen zu denselben Schlussfolgerungen wie du heute Morgen
…«

»Ist Åsgard denn nicht das Wichtigste?«, unterbrach ER seinen Freund.

»Nein«, widersprach Bragor. »Du bist das Wichtigste, unsere Freundschaft
ist viel wichtiger als alles andere. Nur wirst du auf Åsgard nie mehr Frieden
finden. Den Frieden, den du so dringend brauchst. Nur deswegen lasse ich
dich ziehen.«

Dann umarmte Bragor IHN noch einmal und ER ging auf das Boot. ER
wollte gerade die Leinen losmachen, als ihm auffiel, dass er immer noch
die Krone trug. Er nahm sie ab und hielt sie Bragor hin, doch der winkte
nur ab.

»Behalte sie. Denkst du, ich habe nur diese eine Krone?« Dann griff er in
seinen Mantel, holte eine andere Krone heraus und setzte sie sich auf. Dabei
grinste er IHN so unverschämt frech an, dass ER lachen musste und immer
noch lachte, nachdem ER das Segel gesetzt hatte und das Schiff den Hafen
verließ.

Erst als das Boot nur noch ein winziger Punkt am Horizont war, nahm
Bragor die Krone wieder ab und wandte sich den anderen zu.

»Wie sind Eure Befehle, mein König?«, fragte Leonidas.

»In vollem Galopp zurück zum Schloss«, antwortete Bragor ganz mit der
Würde des Königs von Åsgard. »Ich will wissen, wann wir die Evakuierung
nach Skugga Staden abgeschlossen haben. Ob sich noch Orks jenseits der
Naglfarstrait befinden. Der neue Rat von Åsgard ist der Letzte, der nach
Skugga Staden geht. Noch Fragen?«

»Habt Ihr Neues über den dunklen Herrscher erfahren?«, fragte der Graf
von Ymir. »Immerhin haben wir ihn herausgefordert.«

»Jedes Wort von IHM«, erklärte Bragor, »hat meine Theorie bestätigt. Baldur stellt keine eine Armee auf, wir haben genügend. Nach der Erzählung
von IHM gehe ich sogar davon aus, dass Baldur uns dankbar ist, weil wir
ihm das Schwert gegeben haben. Doch Dankbarkeit wird der dunkle Lord
nicht kennen. Schließlich ist er dem Chaos verpflichtet. Wovor ich viel mehr
Angst habe, sind marodierende Armeen, die ganze Dörfer aus Lust und
Laune abschlachten. Wie die Armee, die Ares und ich auf ihrem Weg nach
Süden gesehen haben. Mit so etwas werden wir rechnen müssen. Da wird
uns die Lage der Insel auch nicht viel nützen. Doch mit Skugga Staden als
Festung wird jeder Angreifer einen hohen Blutzoll zahlen müssen und wir
können mit wenigen Kriegern die ganze Insel verteidigen.«

»Denkt Ihr, mein König, Shûkyô und Werdandi haben übertrieben, als sie
sagten, Ares sei eine Gefahr für Åsgard? Ich hatte das Gefühl, dass ihm der

Abschied naheging und er sich auch über die Krone freute«, wollte Graf Bilskinir wissen.

Bragor lachte bitter auf. »Sie haben untertrieben. Mit unserem Abschied haben wir ein Monster beruhigt. Ein Monster, das jeden Augenblick hervorbrechen konnte. Und was immer dort draußen auf dem Meer segelt, wird mit Feuer und Pfeilen gespickt, sollte es jemals wieder eine seiner Klauen nach Åsgard ausstrecken. Ares ist in der Ko Chang gestorben, auf dem Weg zum dunklen Lord. Aus diesem Grund wollte der Dämon Ophelia und die anderen Frauen töten, denn sie haben ihn daran erinnert, dass er mal eine Seele besaß. Und wir hatten Glück, dass wir dem Dämon eine zerstörte Insel präsentiert haben. Auch die Krönung war wichtig. Denn so haben wir dem Dämon den Glauben geschenkt, er hätte Macht über uns, und er hat deswegen seine Wut nicht an uns ausgelassen. Denn ich vermag nicht zu sagen, ob Shûkyô und Werdandi mächtig genug sind, um diesen Dämon zu besiegen.«

Die verwunderten Blicke des Grafen, der nicht verstanden hatte, was sein König ihm erzählte, bemerkte Bragor nicht mehr. Denn da saß er bereits auf seinem Pferd und sprengte in Richtung Schloss, als seien sämtlichen Dämonen der Hölle hinter ihm her.

EPILOG

or einer Woche hatte Ares Åsgard verlassen. Die Rüstung und die Waffen, die er von Baldur erhalten hatte, lagen neben ihm in dem Sack. Hier war er weit genug draußen auf dem offenen Meer, hier würden sie keinen Schaden anrichten. Er nahm das Bündel und warf es über Bord. Zufrieden sah er, wie es auf den Grund des Meeres hinabsank. Dann fiel sein Blick auf die Krone von Åsgard. Gold und Edelsteine schmückten diese, doch Ares wusste besser, was diese Krone bedeutete. Knechtschaft, Folter, Tod. Wegen diesem Stück Metall würden Menschen töten, würden Kriege geführt werden. Nur weil sich einer einbildete, es sei sein Recht, Macht über andere Menschen zu haben. Und wehe den Menschen, die dies nicht genauso sahen. Angewidert warf er die Krone über Bord. Sollten sich die Fische mit ihr amüsieren.

Danach fühlte er sich von einer Last befreit. Er blickte sich in seinem Boot um. Es war ein gutes Boot. Klein, doch konnte es selbst auf hoher See einem Sturm trotzen. Ares trug die einfache Kleidung eines Bürgers und hatte nur ein Messer bei sich, um Fische auszunehmen. Das genügte ihm. Zum ersten Mal seit Langem fühlte er eine tiefe Befriedigung. Auf einmal konnte er Hideyoshi verstehen und warum dieser sich so auf seinen Tod gefreut hatte. Er wusste, dass es Sternenmeer gut gehabt hatte, so schnell zu sterben, und dass, wenn er weiter um sie trauerte, er seinen Freunden keinen Gefallen tat. Er musste sie ehren, doch das tat er besser indem er sich an ihr Lachen und an ihrem Mut erinnerte als an ihren Tod. Es kam Ares so vor, als hätte er nicht nur die Rüstung von Baldur, sondern auch einen dunklen Schatten von Bord geworfen, der sich seiner Seele bemächtigt hatte. Plötzlich dachte er an Ophelia, sah er ihr liebreizendes Gesicht, die wundervollen Augen und meinte den Wohlklang ihrer schönen Stimme zu hören. Er stöhnte auf. Die Erkenntnis der Wahrheit traf ihn wie ein Blitzschlag. Er wusste nun, welchen Fehler er gemacht hatte, denselben Fehler wie Hödur. Und das tat weh, richtig weh. Doch er war blind gewesen, blind und voller Hass. Nicht Baldur war der Dämon gewesen, sondern er, Ares. Mit jedem Schritt, den er in der Ko Chang gemacht hatte, hatte er sich verwandelt. Von einem Menschen zu einem Dämon. Baldur hatte ihm nur einen Spiegel vorgehalten, wie jedem. Er wollte Dämonen töten, also hatte Baldur ihn Dämonen töten lassen. Dämonen, die ihn wahrscheinlich selbst gestört hatten. Doch um Dämonen töten zu können, musste man selbst ein Dämon sein. Es spielte auch keine Rolle, ob Baldur gut oder böse war, denn was ist gut? Was ist böse? Ophelia hatte es ihm noch gesagt, doch er wollte nicht hören. Nach menschlichen Maßgaben war er bei Ophelia böse gewesen. Er war der Dämon gewesen, der wahllos tötet, aus einer Laune heraus. Und nicht nur bei ihr, sondern auch in Coucy. ›Wir haben keine Lust auf eine Armee von Dämonen‹, hatte Hideyoshi zu Asrael gesagt. Doch durch ihr Verhalten war genau diese Armee erschienen.

Ares blickte zum Horizont und sah, wie sich dunkle Gewitterwolken zu einem Sturm ballten. Der Wind frischte auf und trieb ihn immer weiter von Åsgard fort. Freude erfüllte sein Herz. Er machte sich keine Gedanken darüber, wie heftig der Sturm werden würde, ob der Sturm das kleine Boot sofort versenkte oder es nur durchschüttelte. Hideyoshi hatte zu ihm gesagt, dass man sich einem würdigen Gegner stellen musste, und was war ein würdigerer Gegner für einen Menschen oder Ork als die Naturgewalten? Dies waren Dinge, mit denen sich der Mensch messen konnte. Magoogs, Marduks oder Obadjas konnten getötet werden, wenn man seine Menschlichkeit aufgab, und das wollte er nie mehr tun.

Das Unwetter nahm immer bedrohlichere Formen an. Ihm war dies egal. Denn er hatte auch eines gelernt: Es war egal, wie lange er noch lebte. Ob es noch fünf Minuten, fünf Stunden oder fünfzig Jahre waren. Wichtig war, dass er jeden Augenblick davon genoss und dankbar war für das Leben, welches er leben durfte. Ares änderte den Kurs nur ein wenig und hielt genau auf das Zentrum des Gewitters zu.